함께 살아가는 세상,
그 모든 순간들

함께 살아가는 세상, 그 모든 순간들

ⓒ 박희면, 2026
초판 1쇄 인쇄 2026년 2월 9일
초판 1쇄 발행 2026년 2월 20일
작가 **박희면**
감수 **필영배**

출판사 **재노북스**
기획편집 및 교정교열 **윤서아**
내지디자인 **윤서아, 김선화** 표지디자인 **김선화**
도서 콘텐츠 마케팅 및 해외출간 **이시은, 임지수, 김민지**
작가컨설팅 **윤서아**

출판등록 2022년 4월 6일 제2023-000076호

주소 서울특별시 금천구 가산디지털1로 205-27 에이원빌딩 705호
대표전화 0507-1381-0245   팩스 050-4095-0245
이메일 dasolthebest@naver.com
홈페이지 https://zenobooks.co.kr/
블로그 https://blog.naver.com/zeno_books

ISBN 979-11-94868-39-2(03800) 18,000원

《함께 살아가는 세상, 그 모든 순간들》은
잊고 지낸 일상의 조각들을 다시 빛으로 불러내는 책이다.

청춘의 숨결, 자연의 속삭임, 변화의 파도, 가족의 온기
우리 삶을 이루던 진짜 순간들이 따뜻하게 되살아난다.

한 사람의 기록처럼 시작되지만, 마지막 페이지에서
독자는 그것이 곧 '나의 이야기'였음을 깨닫게 된다.

잠시 멈춰 마음의 속도를 늦추고, 잃어버린 온기를
되찾게 하는 조용한 불빛 같은 책이다.

프롤로그

함께 살아간다는 것

삶을 되돌아보면, 우리의 시간은 언제나 사람의 얼굴로 이어져 있다. 오래 곁에 머문 인연도 있고, 이름조차 흐릿해진 만남도 있지만, 그 모든 순간은 서로 다른 빛으로 겹쳐져 지금의 나를 이루었다.

우리는 혼자 걸어왔다고 믿을 때조차, 누군가의 그림자와 함께 여기까지 도착해 있었다.

세상은 빠르게 바뀌고 기술은 쉼 없이 앞서가지만, 사람의 마음이 전하는 온기만은 쉽게 낡지 않는다.

말없이 건네진 손길, 곁에 있어 주는 침묵, 함께 웃고 나눈 짧은 시간들은 시대를 넘어 우리를 지탱하는 힘이 된다. 삶은 그렇게 서로에게 기대며 조금씩 무게를 나누는 과정인지도 모른다.

이 책은 그런 순간들의 기록이다.

청춘의 골목에서 세상을 처음 마주하던 날들,

자연 앞에서 속도를 늦추는 법을 배웠던 시간,
변화의 물결 속에서 흔들리며 나만의 방향을 찾던 순간들.

그리고 결국 마음이 조용히 쉬어갈 수 있었던 가족의 자리까지.
여기에 담긴 이야기는 특별한 성공이나 극적인 교훈이 아니다.

다만 평범한 하루 속에서 문득 고개를 들게 만드는 삶의 진실들이다.
삶의 아름다움은 완벽함에 있지 않다.

오히려 서툰 선택과 흔들리는 순간들 속에서도 서로를 이해하려는 마음, 기다려 주는 태도, 함께 걸어가려는 용기에서 비로소 드러난다.

그런 마음이 우리를 사람답게 만들고, 삶을 조금 더 견딜 만하게 한다.

이 책에 실린 이야기들은 지나온 시간의 회상이지만, 동시에 지금을 살아가는 우리의 이야기이기도 하다.

누구나 겪었을 청춘의 불안, 자연 앞에서 느끼는 겸손, 변화 앞에서의 두려움, 그리고 가족이라는 이름의 안식. 그 장면들이 독자의 삶과 조용히 포개지기를 바란다.

이 책이 누군가에게 삶을 다시 바라보는 작은 계기가 되기를 바란다. 서로의 이야기에 조금 더 귀 기울이고, 사소한 순간의 의미를 놓치지 않으며, 우리가 남긴 발자국이 누군가의 내일을 따뜻하게 비춰주기를.

삶은 완전해서 아름다운 것이 아니다.

불완전함 속에서도 서로를 품으려는 마음이 있기에 아름답다. 그 믿음이 이 책의 출발점이며, 내가 오래도록 간직해 온 삶의 태도다.

지금 이 글을 읽고 있는 당신의 하루에도, 작은 미소 하나와 고요한 평안 한 조각이 머물기를.

그것이 우리가 함께 살아가는 세상, 그 모든 순간들이 건네는 가장 조용하고도 깊은 선물일 것이다.

추천사

백형찬 / 수필가 , 전 서울예술대학교 교수

좋은 수필은 한 사람의 삶을 기록하지만, 그 끝에는 언제나 우리의 시간이 놓여 있다.

《함께 살아가는 세상, 그 모든 순간들》은 한 개인의 경험에서 출발해, 읽는 이의 기억과 감정을 자연스럽게 불러내는 따뜻한 에세이다.

페이지를 따라가다 보면 타인의 이야기는 어느새 독자의 삶과 겹쳐지고, 지나온 시간과 아직 오지 않은 순간들까지 조용히 호출된다.

이 책에서 저자는 특별한 성취나 극적인 사건을 앞세우지 않는다.

대신 청춘의 흔들림과 불안, 자연 앞에서 배운 겸손, 변화의 문턱에서 마주한 선택의 순간들, 그리고 결국 마음이 돌아와 쉬게 되는 가족의 자리까지, 삶을 이루는 가장 본질적인 장면들을 담담한 문장으로 풀어낸다.

네 개의 장은 인생의 특정 단계를 구분하기보다는, 누구나 한 번쯤 지나왔거나 지금도 걷고 있는 삶의 궤적을 차분히 따라간다.

수필가의 시선으로 보자면, 이 책의 가장 큰 미덕은 절제된 감정과 진솔한 관찰에 있다.

저자는 일상의 작은 장면 속에서 관계의 의미를 길어 올리고, 쉽게 스쳐 지나갈 수 있는 기억과 감정에 조용히 숨을 불어넣는다.

말은 많지 않지만 문장 사이에는 삶의 무게와 시간이 고스란히 배어 있다. 그래서 이 글들은 과장 없이 쓰였음에도 오래 마음에 남는다.

《함께 살아가는 세상, 그 모든 순간들》은 독자에게 조용히 묻는다. 우리는 지금, 어떻게 함께 살아가고 있는가를. 그리고 책장을 덮는 순간, 하나의 깨달음에 이르게 한다.

인생은 혼자 완성되는 이야기가 아니라, 수많은 관계와 순간이 겹겹이 쌓여 만들어지는 서사라는 것을. 이 책은 그 단순하면서도 깊은 진실을 조용한 목소리로 전하는, 따뜻하고 정직한 기록이다.

추천사

박창기 / 한국인공지능진흥협회 회장 · 전 팟스넷 대표

이 책은 한 사람의 삶을 회상하는 에세이가 아니라, 우리가 어떤 사회를 만들어 왔고 앞으로 어떻게 살아가야 하는지를 묻는 기록이다. 《함께 살아가는 세상, 그 모든 순간들》은 개인의 경험을 통해 공동체의 방향을 비추는, 드문 밀도의 책이다.

저자 박희면은 오랜 시간 산업과 공공의 경계에서 사람과 사회를 연결해 온 실천가다. 그러나 이 책에서 그가 보여주는 것은 직업적 성취가 아니라, 시간을 통과하며 축적된 태도와 책임의식이다.

청춘의 선택, 일터에서의 고민, 변화 앞에서의 판단, 그리고 가족과 세대에 대한 성찰은 모두 '어떻게 살아야 하는가'라는 질문으로 이어진다.

이 책이 특별한 이유는 삶을 개인의 성공 서사로 축소하지 않기 때문이다. 저자는 속도와 효율을 앞세운 시대의 논리보다, 관계와 지속의 가치를 이야기한다. 자연과 도시, 일과 쉼, 개인과 공동체를 분리하지 않고 하나의 흐름으로 바라보는 시선은 오늘의 사회가 놓치기 쉬운 균형 감각을 되살린다.

특히 이 책이 던지는 메시지는 지금의 시대적 조건과 맞닿아 있다. 고령화, 세대 간 단절, 공동체의 약화라는 현실 속에서 '함께 살아간다'는 말은 더 이상 추상적인 구호가 아니다.

그것은 삶의 방식에 대한 구체적인 선택이며, 사회가 지속되기 위한 최소한의 약속이다. 이 책은 그 약속을 일상의 언어로 풀어낸다.

《함께 살아가는 세상, 그 모든 순간들》은 조용하지만 단단하다. 독자를 설득하려 들지 않고, 대신 생각하게 만든다. 읽고 나면 자신의 삶뿐 아니라, 우리가 속한 사회를 다시 바라보게 된다.

개인의 기억에서 출발해 공동의 미래로 나아가는 이 책은, 지금 우리가 가장 필요로 하는 종류의 기록이다.

이 책이 많은 독자에게 닿아, 각자의 자리에서 '함께 살아가는 방식'을 다시 고민하는 계기가 되기를 바란다. 그것이 이 책이 가진 가장 큰 힘이며, 지금 이 시대에 이 책이 필요한 이유다.

목차

1장. 청춘, 함께 걷던 그 시절

2장. 자연이 들려주는 삶의 소리

3장. 변화의 물결위에 서서

4장. 마음이 쉬는 곳

1장

청춘, 함께 걷던 그 시절

우정과 꿈, 그리고 웃음과 눈물이 뒤섞인 푸른 시간의 기록
청춘의 운동장, 창가의 오후, 그리고 함께했던 친구들.
시간이 흘러도 그 시절의 온기는 여전히 마음속에서 반짝인다.

청춘, 함께 걷던 그 시절

함께였기에 빛났던 시간

청춘의 시간은 내 인생에서 가장 순수하고 뜨거웠던 시절이었다. 그 시절의 나는 아직 세상을 다 알지 못했지만, 가슴 가득한 열정과 설렘으로 매일을 살아갔다. 무엇보다 그때의 나를 지탱해 준 것은 '함께'라는 단어였다.

친구들과 어깨를 나란히 하며 웃고, 때로는 실수하고 다투기도 했지만, 그 모든 순간은 인생의 첫 연습장이자 우정의 교과서였다. 운동장에 흙먼지를 일으키며 뛰던 기억, 창가에 기대어 장래의 꿈을 이야기하던 밤, 시험이 끝나면 영화관으로 달려가 마음껏 웃던 장면들이 지금도 눈앞에 선하다.

그 시절의 교실은 단순한 배움의 공간이 아니라 세상을 배우는 무대였다. 선생님의 한마디, 친구의 짧은 격려, 때로는 따끔한 꾸중까지도 모두 인생의 문장으로 남았다.

그 안에서 나는 책임을 배우고, 선택의 의미를 깨닫고, 무엇보다 사람 사이의 믿음이 얼마나 큰 힘인지 알게 되었다. 친구와의 우정은 단순한 동창의 인연이 아니라, 서로의 삶을 지탱해 주는 뿌리였다. 세월이 흘러도 그 우정은 변하지 않았고, 지금의 나를 만드는 밑거름이 되었다.

어린 시절 내가 살던 마을의 골목길에는 늘 웃음소리가 가득했다. 여름이면 냇가에서 물장구를 치고, 겨울이면 언덕에서 눈썰매를 타며 해가 질 때까지 놀았다. 그 시간들이 내 마음속에 고스란히 남아 있다.

그곳은 단순한 추억의 공간이 아니라, 내가 어디에서 왔는지를 알려주는 마음의 고향이다. 삶이 복잡해질수록 나는 그 골목의 기억으로 돌아가 나를 다시 일으켜 세운다.

청춘은 늘 빛나지만, 그 안에는 성장의 고통도 있었다. 실패와 꾸중, 갈등과 오해가 있었지만, 시간이 지나고 나니 그것들이 모두 나를 단단하게 만든 과정이었다.

꾸중은 상처가 아니라 애정의 또 다른 이름이었고, 실패는 다음 걸음을 위한 연습이었다. 그 시절의 흔들림이 있었기에 지금의 안정이 가능했다.

청춘은 늘 새로운 것을 향한 동경이었다. 작은 옷 한 벌이 세상을 다 가진 듯한 자신감을 주었고, 낡은 수첩 한 권이 인생의 모든 비밀을 담고 있는 듯 느껴졌다.

그 수첩의 글씨가 빗물에 번져 사라졌을 때, 나는 깨달았다. 기록은 지워질 수 있지만 기억은 마음속에 남는다는 것을. 진짜 인생의 흔적은 종이가 아니라 사람과의 관계, 그리고 그 안에서 느낀 감정 속에 남는다.

시간이 흘러 제복을 입고 사회의 첫 관문에 섰을 때, 나는 다시 한 번 '함께'의 의미를 배웠다. 훈련과 시련 속에서 나 자신을 넘어 '우리'의 힘을 경험했고, 그 동료애는 세월이 지나도 변하지 않았다.

오랜 시간이 흘렀지만, 그때의 친구들을 만나면 우리는 여전히 같은 시절로 돌아가 웃는다. 그 우정은 나이와 시간을 넘어 지금도 살아 있다.

청춘의 이미지를 하나로 표현하라면 나는 주저 없이 '푸른 물결'이라고 말하고 싶다. 거세게 일렁이기도 하고 잔잔히 흐르기도 했던 그 파도처럼, 나의 청춘은 끊임없이 변하면서도 언제나 생명력으로 넘쳐 있었다.

그 물결은 세월이 지나도 내 안에서 여전히 출렁이며, 힘들 때마다 다시 일어서게 하는 원동력이 된다. 돌이켜보면, 청춘은 짧았지만 그 안의 우정과 열정은 지금까지 나를 이끌어온 가장 큰 힘이었다.

함께 웃고, 함께 울며, 서로를 믿고 응원했던 그 시간들 덕분에 오늘의 내가 있다. 세월이 흘러도 그 시절의 푸른 기억은 여전히 내 마음속에서 살아 숨 쉬며, 나를 다시 도전하게 만들고, 삶을 따뜻하게 비춰 준다.

그래서 나는 이렇게 말하고 싶다.
"청춘은 지나가는 시절이 아니라, 오늘도 내 안에서 흐르는 살아 있는 시간이다."
그 물결은 세월의 흐름 속에서도 변하지 않는 희망이며, 내가 걸어온 모든 길의 출발점이다.

파란 칠판위의 세글자

칠판에 남겨진 세 글자

중학교 시절, 내 마음에 깊은 흔적을 남긴 선생님이 있다. 담임이었던 국어 선생님은 늘 수업 시간마다 우리에게 단순한 지식보다 더 큰 울림을 주곤 하셨다.

어느 날, 선생님은 교실 문을 열고 들어와 칠판 앞에 서더니 분필을 들고 커다란 글씨로 이렇게 쓰셨다.

"공부란?"

하얀 분필 가루가 떨어지며 칠판 위에 선명히 새겨진 세 글자가 교실 안 공기를 단숨에 바꾸어 놓았다. 학생들은 웅성거리다가도 이내 조용해졌다. 선생님은 천천히 우리를 둘러보며 물으셨다.

"자, 공부란 무엇일까? 누가 말해 보겠니?"

아무도 선뜻 대답하지 못했다. 그러자 선생님은 차례대로 이름을 부르며 물으셨다. 그때의 나는 머릿속이 복잡했다. 어릴 적에는 공부를 해서 대통령이 되고 싶다거나, 돈을 벌어 부모님께 효도하고 싶다거나, 그런 단순한 생각이 떠올랐다.

친구들도 비슷했다. 어떤 이는 운동선수가 되기 위해, 또 어떤 이는 소방관, 경찰이 되기 위해 공부한다고 답했다.

선생님은 우리 대답을 다 들으시고 잠시 칠판 앞에 서서 고개를 끄덕이셨다. 그리고 특유의 약간 떨리는 목소리로 이렇게 정리해 주셨다.

"공부란… 자기 인생의 갈림길에서 올바른 판단력을 키워주는 것이다."

그 말씀은 내 가슴에 깊이 새겨졌다. 삶을 살다 보면 수없이 많은 갈림길을 마주하게 된다. 이 길로 갈 것인가, 저 길로 갈 것인가. 머뭇거리고 망설일 때, 결국 우리를 이끌어 주는 것은 부모님이나 선생님의 조언일 수도 있지만, 궁극적으로는 자신이 알고 있는 지식과 내면의 힘이다.

그 순간 올바른 결정을 내릴 수 있는 힘을 기르는 것, 그것이 공부라는 선생님의 말씀은 단순한 교훈을 넘어 인생의 이정표가 되었다.

나는 대학에서 강의를 하던 시절에도 종종 이 이야기를 꺼내곤 했다. 스승의 날이나 특별한 날이면 학생들에게 "공부란 무엇이냐"라고 묻고, 국어 선생님이 남겨주신 그 정의를 전해주었다.

배움은 시험 성적이나 지식의 축적에 머무르지 않고, 결국 삶을 살아내는 힘과 판단의 지혜로 귀결된다는 것을, 나는 그분의 말씀을 통해 일찍이 깨달을 수 있었다.

수학 여행길의 작은 사고, 큰 가르침

그 국어 선생님과의 또 다른 기억은 중학교 수학 여행에서였다. 경주로 향하는 버스 안, 들뜬 아이들의 목소리로 가득했다. 고속도로 위에서 창밖 풍경은 끝없이 이어졌고, 마음은 여행의 설렘으로 가벼웠다.

그런데 뜻밖의 일이 벌어졌다. 버스가 가볍게 접촉 사고를 당한 것이다. 다행히 큰 충격은 아니었지만, 순간적인 흔들림에 모두가 놀라 긴장했다. 학생들은 소란스러웠고, 몇몇은 겁에 질려 울먹이기도 했다.

그때 앞자리에 앉아 계시던 담임 선생님은 몸이 유리창 어딘가에 부딪혀 머리에 피가 났다. 다행인 것이 큰 부상은 아니었지만, 순간의 충격으로 얼굴이 창백해 보였다.

그럼에도 선생님은 가장 먼저 자신을 걱정하지 않고 학생들의 좌석을 일일이 확인하셨다.

"괜찮니? 다친 데는 없니?"

떨리는 목소리였지만, 아이들을 향한 따뜻한 마음이 묻어났다. 그 모습은 어린 나에게 깊은 인상을 남겼다. 자기 몸보다 학생들을 먼저 살피는 모습, 그것이 바로 스승의 진정한 마음이라는 것을 그때 처음 느꼈다.

사실 선생님은 평소에도 건강이 온전치 않으셨다. 목이 불편해 늘 약간씩 머리를 좌우로 흔드셨고, 칠판에 '공부란' 세 글자를 쓰실 때도 그 특유의 습관이 묻어나 있었다.

그러나 그 불편함 속에서도, 학생들을 위해 강단에 서는 모습을 보여 주셨다. 그날의 작은 사고에서도, 자기의 상처보다 학생들의 안위를 먼저 확인하는 모습에서, 나는 교사의 진정한 사명을 배웠다. 그것은 단순히 지식을 전달하는 사람이 아니라, 삶으로 가르치는 사람이라는 사실이었다.

그렇다 올바른 판단력은 쉬워보이나 참 어려운 것이다. 인생을 살며 잘못되어 실패한 것은 지식이 부족이 아니라 판단력의 미스라는 것을 우리는 지나서야 알고 후회한다.

무슨 일이든 그런 것 같다. 올바른 판단력을 키워보자고 남의 실패 사례도 연구하고 끊임없이 공부하고 알아야 한다

공부란, 그리고 삶의 길 위에서

세월이 흘러도 나는 여전히 국어 선생님의 그날 말씀을 마음에 간직하고 있다. "공부란 자기 인생의 갈림길에서 올바른 판단력을 키워주는 것이다." 이 짧은 정의는 내 삶의 좌표가 되었고, 수많은 순간의 선택 앞에서 내 마음을 붙잡아 주었다.

우리는 누구나 인생의 시험지 앞에 선다. 어떤 문제는 쉽게 풀리지만, 어떤 문제는 아무리 고민해도 답이 잘 보이지 않는다. 그럴 때 필요한 것은 단순한 지식의 양이 아니라, 내가 배운 것을 토대로 올바르게 분별하고 선택하는 힘이다.

국어 선생님이 강조하신 그 한 문장은 내게 그 힘이 어디에서 오는지 알려 주었다. 고대철학자 플루타르코스(Plutarch)가 말했다. "마음은 채워야 할 그릇이 아니라, 불을 붙여야 할 나무이다."

우리 국어 선생님 역시 그 말씀처럼, 지식을 채워 넣기보다 우리 마음속에 판단과 성찰의 불씨를 지펴 주셨다.

그리고 수학여행에서의 작은 사고는 또 다른 교훈을 남겼다. 삶

은 언제나 예기치 못한 충격을 주지만, 그 순간에도 누군가를 먼저 걱정할 수 있는 마음, 그것이야말로 진정한 배움이고 인간다운 품격이라는 것을 가르쳐 주셨다.

나는 지금도 가끔 묻는다. 공부란 무엇인가?

그 답은 여전히 선명하다. 삶의 갈림길에서 올바른 판단을 내리는 힘을 길러 주는 것.

그리고 그것은 지식의 습득만으로는 이루어지지 않는다. 사랑으로 우리를 지켜주던 선생님의 눈빛, 헌신으로 보여주신 몸짓, 그 모든 것이 함께 배움의 일부였다.

공부는 책상 위에서만 이루어지는 것이 아니었다. 그것은 살아가는 모든 순간에 스며 있었다. 수업 시간 칠판 위의 세 글자, 수학여행 버스 안에서의 따뜻한 확인, 그리고 제자들을 위해 아픈 몸을 이끌고 교실에 서 계셨던 그 모습. 그 모든 순간이 내게는 인생 최고의 교과서였다.

사랑의 회초리

어린 시절, 회초리의 기억

초등학교 6학년 어느 날이었다. 담임선생님은 야구 심판 일을 겸하고 계셔서 자주 심판을 보러 나가시곤 했는데, 그날도 자습을 시켜놓고 잠시 외출하셨다. 처음엔 교실이 조용했다.

모두 책상에 앉아 공부하는 듯 보였으나 시간이 조금 지나자 웅성거림이 일기 시작했다. 가까이 지내던 친구가 슬쩍 다가와 속삭였다.

"야, 우리 학교 담을 넘어 사과밭에 가자. 몰래 따 먹고 오면 재밌을 거야."

나는 사실 그런 일을 좋아하지 않았다. 성격상 조용히 지내는 편이었고, 남의 과수원에 들어간다는 게 내키지 않았다. 하지만 함께 어울리던 친구들이 하나둘 동조하니 나도 결국 따라 나서고 말았다.

그렇게 과수원에서 사과 몇 개를 따서 먹고 돌아오는 길, 작은 개천 둑길을 지날 때였다. 한 친구가 물에 뛰어들며 장난을 치다가 그만 비명을 질렀다. 발바닥을 보니 피가 철철 흐르고 있었다. 깨진 유리병을 밟은 것이었다.

그 순간 모두가 당황했지만, 한 친구가 급히 옷을 벗어 그의 발을 감싸며 피를 눌렀다. 그리고 함께 힘을 모아 부상당 한 친구를 업고 학교 양호실로 달려갔다. 다행히 큰일은 면했으나, 자습 시간에 담을 넘어 나간 사실은 곧 드러나 학교가 발칵 뒤집어졌다.

잠시 후 담임선생님이 들어오셨다. 얼굴이 굳어 있었고 목소리는 크게 울렸다. "너희가 도대체 무슨 짓을 한 거냐!" 꾸지람은 무섭게 쏟아졌고, 과수원에 나갔던 우리 다섯 명은 칠판 앞으로 불려 나갔다. 선생님은 야구 심판이라 항상 들고 다니던 야구 방망이로 우리 엉덩이를 내리치셨다.

그날 처음으로 진짜 매라는 것을 맛봤다. 눈물이 왈칵 쏟아졌지만 누구도 변명하지 않았다. 그저 잘못했다는 사실을 알기에 고개를 숙이고 맞을 수밖에 없었다.

중학교에 들어가서도 상황은 크게 다르지 않았다. 장난기 많은 사춘기 소년들은 늘 사건을 만들었고, 그럴 때마다 선생님들의 회초리는 우리를 기다리고 있었다. 어느 날은 특히 기억이 또렷하다. 미술 시간이었는데 젊은 여선생님이 들어오셨다.

반 아이들은 장난삼아 나와 이름이 비슷해 "너 누나 왔다!"며 놀리기도 하고, 심지어 수업을 방해할 정도로 짓궂게 굴었다. 끝내 선생님은 화를 내며 교실을 뛰쳐나가셨다.

잠시 후 담임선생님이 지시봉을 들고 들어오셨다. "전부 책상 위로 올라가!" 명령이 떨어졌다. 우리는 무릎 꿇고 양손을 든 채 책상 위에 서야 했고, 선생님은 차례차례 우리 무릎을 지시봉으로 내리치셨다. 교실은 비명과 울음소리로 가득했다.

지금 생각하면 참 가혹한 경험이었지만, 당시에는 그게 당연한 시대였다. 잘못하면 혼나고, 매를 맞으면 반성하는 것이 자연스러운 질서처럼 여겨졌다. 누구도 '왜 맞아야 하냐'고 따지지 않았다.

회초리의 시대적 의미와 교육 문화

지금 시대의 눈으로 보면 교실에서 방망이로 학생을 때리거나 지시봉으로 무릎을 내리치는 일은 있을 수 없는 폭력이다. 실제로 오늘날의 교육 현장에서는 체벌이 법적으로 금지되어 있고, 교사와 학생의 관계는 인격적 존중을 바탕으로 해야 한다고 말한다. 군대에서도 구타와 욕설은 금지되었고, 사회는 점점 더 '폭력 없는 훈육'을 지향한다.

그런데 1960~70년대, 혹은 그 이전의 교육 현장은 달랐다. 회초리는 단순한 폭력이 아니라 훈육의 상징이었다. 선생님은 매를 통해 학생에게 옳고 그름을 분명히 가르친다고 믿었다. 잘못을 했을 때 맞는 것은 당연한 일로 여겨졌고, 매는 곧 교육의 연장선이었다.

실제로 그 시절을 살았던 사람들의 공통된 기억은 "회초리에는 사랑이 있었다"는 말이다. 회초리를 들던 선생님들이 모두 따뜻했던 것은 아니지만, 최소한 그들은 아이들이 잘 되기를 바라는 마음에서 매를 들었다고 믿었다. 부모들도 마찬가지였다. 자식이 말썽을 피우면 매로 다스렸지만, 그것이 미움이 아니라 사랑의 방식이었다.

오늘날 아이들에게는 이해하기 어려운 정서일 수 있다. 하지만 회초리의 시대는 한국 사회의 문화적 맥락과 맞닿아 있었다. 전쟁과 가난을 겪은 세대에게 질서와 절제는 생존의 문제였다.

공동체 속에서 규율을 지키지 않으면 삶이 무너지는 시대였다. 그런 환경에서 회초리는 질서를 유지하는 도구였고, 동시에 아이들이 사회적 규범을 내면화하도록 돕는 장치였다.

물론 그 안에는 분명 부정적인 측면도 있었다. 때로는 과도한 폭력이 정당화되기도 했고, 체벌을 빌미로 학생의 자존심을 짓밟는 경우도 있었다. 그래서 오늘날의 교육은 체벌을 금지하고 인격적 대화를 중시한다.

하지만 동시에 우리는 과거의 회초리 문화가 전혀 의미 없었다고 치부할 수도 없다. 그것은 우리 사회가 거쳐온 성장의 과정이었고, 한 시대의 교육 방식이었다.

가장 중요한 것은 매의 크기와 무게보다 진행한 교감이었을 것이다. 우리는 서로 선생님과 학생 사이 대화가 많았고 단체라는 공동체 울타리 속에서 이해심이 컸던 차이가 아닐까 하는 생각도 든다

오늘날 우리가 얻어야 할 교훈

그렇다면 회초리의 시대에서 오늘날 우리가 배워야 할 교훈은 무엇일까? 단순히 체벌이 옳았는가, 그른가의 문제가 아니다. 중요한 것은 훈육의 본질이다.

선생님이 매를 들던 이유는 학생에게 옳고 그름을 분명히 가르치고, 잘못된 길을 가지 않도록 막기 위함이었다. 즉, 체벌은 도구였을 뿐 목적은 올바른 성장에 있었다.

오늘날 우리는 회초리 대신 대화와 설명을 선택한다. 아이들의 개성을 존중하고, 자율성을 길러주는 것이 더 중요하다고 여긴다. 그러나 여기에도 위험은 있다.

지나친 자유가 방종으로 흐를 수 있고, 권위의 부재가 공동체의

질서를 무너뜨릴 수 있다. 결국 필요한 것은 매가 아니라 원칙과 사랑의 균형이다.

군대에서도 마찬가지다. 과거의 군대는 고된 훈련과 체벌로 유지되었다. 지금은 인권과 존엄을 중시하는 군대로 변했다. 그러나 전시 상황에서 지휘관의 명령이 생사를 가를 때, 과연 권위와 질서가 얼마나 잘 지켜질지 우려하는 목소리도 있다.

이 문제 역시 매의 유무가 아니라 권위와 존중을 동시에 세우는 방법을 찾아야 한다는 과제를 던진다.

우리는 살아가며 수없이 많은 갈림길에 선다. 그때 필요한 것은 지식이나 기술보다도 옳은 판단력이다. 그리 엄중하게 벌을 받고 매를 맞아도 그 선생님이 밉거나 싫어 회피하진 않았던 것이다. 우리는 잘못하면 단체로 전체가 혼났다.

당연히 내가 잘못했다는 생각과 우리 모두가 잘못했다는 생각이 앞섰던 것이다. 지금도 생각나고 그 선생님이 우리를 위해 마음 아팠던 기억이 날 뿐이다. 옳지 않은 선택을 했을 때 따끔하게 멈추게 하고, 다시 바른 길로 걷게 만드는 도구였던 것이다.

오늘날 우리는 더 이상 회초리를 쓰지 않는다. 그러나 회초리가 상징했던 따끔한 가르침과 따뜻한 사랑의 균형은 여전히 필요하다. 부모와 교사, 선배와 후배, 리더와 구성원 모두가 이 균형을 잃지 않을 때, 사회는 건강하게 유지될 것이다.

골목에서 피어난 추억

언덕 위에 자리 잡은 마을

내가 초등학교 2학년이 되던 해, 우리 가족은 인천 용현동 '독쟁이'라는 언덕 마을로 이사를 왔다. 어릴 때는 지역 이름에는 관심 없고 왜 독쟁이 인가도 몰랐다.

'독쟁이' 지명의 유래로는 아마 '책 읽던 정자'가 있었던 곳에서 유래되어 '독정리'가 변하면서 독쟁이로 되었다는 말이 신뢰도가 높고, 지금은 언덕을 넘어가는 삼거리지만 예전에는 마지막 버스 종점도 있는 길 끝이었다.

지금은 '언덕배기 고갯길'라는 의미에서 온 토박이 말도 지형적으로 자연스럽지만 현재도 공식 명칭은 '독정이'로, 예전부터 주민들이 불렀던 '독쟁이'를 바로잡는 의미에서 도로명도 '독정이로', 교차로명도 '독정이삼거리'로 쓰이고 있다.

동네는 언덕을 따라 층층이 집들이 붙어 있었고, 골목은 아이들 웃음소리로 가득했다. 좁은 골목마다 작은 구멍가게와 가정집들이 이어졌고, 마당마다 풍경이 다 달랐다.

그곳은 가난했지만 살아 있음이 넘치던 마을이었다. 언덕을 오르면 수봉산 공원이 있으며 그 언덕 중심에는 어릴적 다니던 교회가 아직 있고 동생들도 다른 곳으로 이사를 하였음에도 불구하고 어머니가 다니시던 이 교회를 다니고 있다

나는 그곳에서 초등학교를 다녔다. 집에서 학교까지 걸어 다니

는 길 중간지점에는 반드시 철길을 건너야 했는데, 철길은 일반 기차가 다니는 곳은 아니라 인천 부두에서 하역된 물품을 나르는 산업철도이고, 가끔은 입영열차로 군인들을 실어 나르기도 했다.

철길 건너편 양옆으로는 언덕도 있고 많은 집들이 들어서 이곳 근처에 사는 초등학교 동기들도 많이 있었다. 이곳을 거쳐 도로 끝까지 오면 언제나 정겨운 골목길이 기다리고 독쟁이 마을이 있었다.

그 시절 친구들은 지금까지도 내 인생의 큰 축이다. 몇몇은 여전히 연락하며, 해마다 연말이면 부부 동반으로 인천에 모인다. 세월이 흘러 각자의 삶이 달라졌지만, 우리는 함께 자란 그 기억 하나로 이어져 있다.

한 친구의 집에는 젖소가 있었다. 제물포역 근처에서 소를 키우던 집이라, 가끔 놀러 가면 마당에서 소똥을 치우는 모습을 보았다. 친구는 작업복을 입고 일을 도왔는데, 어른 흉내를 내던 모습이 지금도 눈에 선하다.

어느 날은 송아지가 태어나 초유를 짜서 내게 데워 주었는데, 그 따끈하고 고소한 맛은 평생 잊을 수 없는 추억으로 남았다.

또 다른 친구는 주물 놋그릇 공장을 하는 집 아들이었다. 놀러 가면 집에 들어가기 전 통과하는 붙어있는 공장 내부는 주물을 뜨기 위한 검은 흙 먼지로 덮여 있었다. 마치 탄광 같은 분위기였다. 그의 집에는 늘 뜨거운 노동의 기운이 넘쳤다.

지금도 그는 아버지의 일을 이어받아 여전히 주물 일을 하고 있지만 사는 곳도 이사 가고 생산은 중국에서 해오고 있다고 한다.

은퇴한 우리 친구들 사이에서 그는 가장 부러운 존재다. 손에 남은 기술로 평생을 살아왔다는 점이 존경스럽다.

그리고 잊을 수 없는 이름의 한 친구, 이름이 '천재'였다. 그러나 천재임에도 공부는 제대로 못 한다고 놀림을 받자 스스로 이름을 '영재'로 바꾸었고, 그래도 놀림을 받자 나중에는 '민재'로 또 바꾸었다.

그렇게 이름이 세 번 바뀐 그는 결국 한국을 떠나, 입사한 컴퓨터 해외지사의 캐나다로 가 근무하다 이민했다. 골목에서 함께 뛰놀던 친구가 머나먼 이국에서 살아간다니, 인생이란 참 알 수 없는 길이다.

독쟁이 언덕은 단순한 주거지가 아니라 살아 있는 이야기의 무대였다. 뒷집은 작은 구멍가게였다. 아이였던 나는 그 가게 앞을 지날 때마다 갖고 싶은 것들이 왜 그리도 많았는지 모르겠다.

남동생도 그곳에서 늘 풍선을 뽑겠다고 졸랐다. 가게에서 풍선 뽑기로 풍선 하나만 사려고 하면, 동생은 아예 상자째 통으로 내놓으라고 바닥에 주저앉아 울며 떼를 쓰곤 했다.

같이 계시던 어머니는 속상해하시며 난감해 하셨다. 어린 동생의 고집은 지금도 선명한 장면으로 기억 속에 남아 있지만 지금은 요양병원에 계신 어머니를 가장 가까이에 살면서 가족끼리 자주 찾고 있지만 누구보다 동생 내외가 늘 맛있는 음식을 준비해 가는 정성이 많아 고맙기만 하다.

바로 옆집은 굿을 하던 집이었다. 밤낮으로 북소리와 장단, 무당의 목소리가 울려 퍼졌다. 어린 나는 호기심에 몰래 기웃거렸다.

화려한 옷을 입고 칼춤을 추는 모습은 두렵기도 했지만, 동시에 신비로운 장관이었다.

우리 집은 기독교 집안이었기에 그런 의식과는 거리를 두었지만, 이웃 간의 정은 여전히 이어졌다. 골목은 종교나 형편을 가리지 않고 함께 어울리는 마당이었다.

놀이, 그때의 문화

공터만 있으면 우리는 곧장 놀이판을 벌였다. 구슬치기, 연날리기, 쥐불놀이, 계절마다, 시간마다 놀이가 달랐다.

봄에는 구슬치기를 했다. 땅바닥에 원을 그려 구슬을 굴리고, 상대의 구슬을 맞히면 내 것이 되었다. 구슬은 단순한 유리알이 아니었다. 승부욕과 전략, 집중력, 그리고 우정을 시험하는 작은 세계였다.

겨울이 오면 연을 날렸다. 직접 대나무를 깎아 연을 만들고, 풀칠을 하며 색을 입혔다. 바람이 좋은 날, 하늘에 높이 떠오르는 연줄을 잡고 있으면 내가 하늘과 연결된 듯 했다. 연줄이 끊어져 멀리 날아가면 그 연을 찾으러 아이들이 함께 달려 나갔다.

그리고 정월 대보름 즈음에는 빈 공간 언덕에서 쥐불놀이를 했다. 깡통에 구멍을 뚫고 숯불이나 불씨를 담아 줄에 매달아 돌리면, 밤하늘에 붉은 불꽃이 원을 그리며 빛났다.

그 불빛은 어린 우리들의 희망처럼 반짝였다. 지금 돌아보면 위험한 놀이였지만, 당시에는 마을 전체가 함께 즐기는 명절 풍경이었다.

이제는 그 모든 것이 사라졌다. 손주들을 보며 새삼 느낀다. 요즘 아이들은 구슬치기도, 연날리기도, 쥐불놀이도 알지 못한다. 골목은 자동차로 가득 차 있고, 공터는 아파트 단지나 주차장으로 변했다. 대신 아이들은 태블릿과 스마트폰, 학원으로 시간을 보낸다.

우리 손녀는 줄넘기조차 서툴다고 운동신경을 기르기 위해 줄넘기 학원에 다니고 있어 나의 시선으로는 잘 이해가 안가는 상황이었다.

우리는 골목에서 뛰고, 달리고, 구르고, 넘어지며 몸을 단련했다. 놀이 속에서 자연스럽게 운동 능력을 길렀고, 협동심을 배우고, 때로는 다투고 화해하며 관계를 배웠다.

그러나 지금의 아이들은 개별적 사고가 많고 단체활동보다는 안전하고 깨끗한 공간에서 자라지만, 그 속에 살아 있는 흙냄새와 땀방울의 경험은 부족하다.

어느날은 어린 외손주를 데리고 텃밭에 가서 흙도 만지고 자라는 식물도 교육과 놀이 차원에 데리고 갔다가 다음날 어린 손주 다리가 부어오르고 뻘건 것이 왜 그러냐고 병원 갔다 왔다고 해 당황했었다. 풀독이 올라 그랬던 것이다

세상은 달라졌다. 달라질 수밖에 없다. 그러나 달라진 세상 속에서도, 우리가 잃어버린 것이 무엇인지 가끔은 돌아볼 필요가 있다.

놀이와 삶의 교훈

그 시절 골목 놀이들은 단순한 오락이 아니었다. 그것은 삶의 축소판이었고, 사회를 배우는 학교였다. 구슬치기에서 이기면 기

뻤지만, 진 친구에게는 다시 기회를 주었다. 승부 속에서 공존을 배웠다.

연을 직접 만들며 아이들은 창의성을 키웠다. 실패하면 다시 도전했고, 더 높이 띄우기 위해 머리를 모으는 창의와 도전의 모습이었다.

쥐불놀이는 한 아이가 아니라 마을 전체가 함께 즐기는 놀이였다. 놀이가 공동체를 하나로 묶는 매개였고 개인적 활동보다는 우리라는 전체의 생활이었는지 모른다

오늘의 아이들은 안전하고 편리한 환경 속에서 자란다. 그러나 때로는 그런 불편하고 위험했던 놀이가 더 큰 교훈을 주지 않았나 생각한다.

흙을 밟고, 서로의 눈을 보며 함께 뛰놀던 시간 속에서 우리는 몸과 마음을 단련했고, 인생의 밑거름을 얻었다.

나는 가끔 꿈속에서 여전히 독쟁이 언덕 골목을 걷는다. 구멍가게 앞에서 동생이 떼를 쓰고, 굿판의 북소리가 울리고, 친구들과 공터에서 구슬을 굴리던 풍경이 다시 펼쳐진다. 눈을 뜨면 모두 사라지고 없지만, 그 기억은 내 삶의 가장 소중한 보물로 남아 있다.

영국의 시인 워즈워스는 그의 시에서 이렇게 말했다.
"어린 시절 자연과 만났던 순수한 감각이 시간이 흘러도 사라지지 않고, 기억의 고요한 해변에 남는다"

맞는 말이다. 내가 오늘까지 살아오며 흔들리지 않을 수 있었던 것은, 바로 그 시절의 골목과 친구들, 그리고 놀이 덕분이었다.

용현동 독쟁이 언덕마을. 그곳은 가난했지만 따뜻했고, 불편했지만 즐거움으로 가득했다. 골목마다 살아 있는 이야기가 있었고, 공터마다 웃음이 넘쳤다.

지금은 세상이 달라져 아이들이 스마트폰으로 세상을 만난다. 그러나 나는 여전히 믿는다. 흙길에서 뛰놀던 그 시절의 경험이야말로 인생을 살아가는 데 가장 큰 힘이 된다.

시험과 영화, 성장의 기억

새로운 출발, 녹음 속 교정의 설렘

초등학교를 졸업하고 중학교에 입학하던 해, 나의 발걸음이 향한 곳은 다름 아닌 대학에서 신설한 중학교 였다. 이곳은 막 개교한 새로운 학교였고, 나는 첫 회 졸업생이 될 운명을 지닌 학생이었다.

낯선 긴장감과 새로운 출발의 설렘이 교차하는 시절이었다. 다른 친구들은 동네에 있는 일반 중학교로 배정받아 다녔지만, 나는 대학 캠퍼스 한복판에 위치한 이 특이한 학교로 들어서게 되었다.

교정에 들어서면 가장 먼저 눈에 들어온 것은 푸르른 녹지와 울창한 나무들이었다. 보통의 중학교와는 달리, 대학 캠퍼스 안에 있다 보니 공간이 여유롭고 분위기 자체가 품격이 있었다.

건물 사이를 지나며 불어오는 바람은 어린 마음에도 왠지 모를 자부심을 불러일으켰다. 우리는 대학생들이 드나드는 캠퍼스를 오가며, 마치 더 일찍 성숙해진 듯한 기분을 느끼곤 했다.

교실 창가에 앉아 바깥을 내다보면, 녹음 사이로 흩어지는 햇살이 반짝였고, 마치 새로운 시대의 문턱에 서 있는 듯한 기대가 마음을 가득 채웠다.

학생 수는 많지 않았다. 모두 다섯 개 반으로 300명 남짓. 작은 규모였지만, 오히려 그만큼 서로의 얼굴을 잘 알 수 있었고, 이름을 부르며 가까운 관계를 맺을 수 있었다.

교실에서, 운동장에서, 때로는 특별 활동반에서 부딪치며 쌓아가는 우정은 지금까지도 이어지고 있다.

그러나 녹음이 가득한 그곳에서의 학창 시절은 단순한 낭만만으로 채워지지 않았다. 매월 치러지는 월례고사는 우리에게 일정한 긴장과 스트레스를 안겨주었다.

시험이 다가오면 교실은 금세 묵직한 공기로 가득 차고, 학생들은 교과서를 붙잡고 마지막까지 머릿속에 무언가를 욱여넣으려 애썼다.

시험지를 받아 들고 연필을 쥐는 순간의 떨림, 문제를 읽으며 차갑게 식어 가는 손끝, 때로는 또렷이 떠오르는 답안에 미소가 번지기도 했지만, 또 어떤 날은 눈앞이 하얘져 버리기도 했다.

그러나 우리 학교는 시험이 끝난 뒤에 특별한 선물을 준비하고 있었다. 그것은 단순한 보상이 아니라, 아이들에게 공부의 무게를 견뎌낼 수 있는 동기를 심어 주는 지혜로운 장치였다. 고사가 끝난 날, 교문 앞에는 커다란 관광버스가 우리를 기다리고 있었다.

그 학생들이 두 줄로 서서 차에 오르면, 시험에서 해방된 얼굴들이 차창에 비쳤다. 버스는 시내의 영화관으로 우리를 데려다주었고, 영화가 끝난 뒤에는 다시 집 앞까지 데려다주었다.

매달 반복되는 이 작은 축제는 월례고사의 긴장을 상쇄시키는 마법 같은 시간이었고, 시험공부의 원동력이 되어 주었다.

혹성탈출, 세상을 바라보는 눈

월례고사가 끝난 뒤 첫 번째로 본 영화는 〈혹성탈출〉이었다. 지금도 그날의 충격과 감동은 잊을 수 없다. 중학생의 눈으로 보기에 영화는 단순한 오락물이 아니었다.

화면 속 원숭이들이 말을 하고 생각하며, 인간 대신 세상을 지배하는 설정은 충격적이었다.

반대로 인간은 원시적이고 힘없는 존재로 그려졌다. 아직도 먼 혹성인 줄 알았지만 해변 모래사장에 자유의 여신상이 반쯤 가려져 쓰러지듯 서 있는 모습이 지구였음을 알게 하는 기억이 생생하게 오래 남는다.

영화가 끝난 후, 교실 안팎에서 친구들과 나눈 대화는 지금도 기억난다. "만약 우리가 살고 있는 세상이 저렇게 뒤바뀐다면 어떨까?" "원숭이가 인간보다 더 똑똑하다면 우리는 뭐가 될까?" 그때 나눈 유치한 질문들은 사실 인류와 환경, 문명과 자연의 관계를 본능적으로 꿰뚫고 있던 것이다.

어린 나이에 접한 그 영화는 내 마음속에 커다란 흔적을 남겼고, 나는 지금도 혹성탈출 시리즈를 찾아보며 그때의 충격을 떠올리곤 한다. 그것은 단순히 영화에 대한 애착이 아니라, 인간의 존재와 자연에 대한 성찰을 던져 준 삶의 화두였다.

이 영화가 깊은 인상을 주고 기억에 많이 남은 것은 어릴 때부터 우주를 가까이 볼수 있는 천체 망원경을 갖고 싶은 욕망이 많았기 때문일 것이다

시험 성적이 좋은 학생에게는 작은 상이 주어졌다. 그것은 고작해야 비닐 커버가 씌워진 두툼한 대학 노트 한 권이었지만, 그 가치는 결코 작지 않았다. 당시 학생들에게 그 노트는 단순한 문구가 아니라 성실과 노력의 상징이었다.

그 노트를 손에 쥔 친구들은 자랑스럽게 그 노트에다 받아쓰기를 하고, 깨끗한 글씨로 빼곡히 채워 갔다. 나 역시 그 노트를 갖고 싶어 더 열심히 공부했다.

작은 보상 하나가 아이들의 마음에 불을 지피는 모습을 보면, 교육이란 결국 동기와 기쁨을 심어 주는 일이라는 것을 깨닫게 된다.

대학 캠퍼스 안에 있는 중학교였던 만큼, 곳곳에서 독특한 풍경을 볼 수 있었다. 특히 대학본관 로비에 전시된 비행기 엔진은 우리의 시선을 사로잡았다.

당시에는 그저 큰 기계 덩어리쯤으로만 보였지만, 나중에서야 알게 되었다.

그것은 그 대학의 상징물이었고, 항공산업의 상징이었다. 어린 시절 그 거대한 엔진을 바라보며 느꼈던 막연한 경이로움은, 훗날 산업과 기술, 미래에 대한 호기심으로 이어졌다.

기억 속의 학교, 그리고 인생의 교훈

신설 중학교에서의 생활은 지금도 내 마음속에 고스란히 남아 있다. 함께 뛰놀던 운동장, 고사 전날 교실에 감돌던 긴장된 공기, 시험이 끝나고 버스에 올라타 설레며 향하던 영화관, 그리고 돌아오는 길의 포만감까지. 모든 것이 특별하고 소중했다.

그 시절은 단순히 학문을 배우던 시절이 아니었다. 그것은 인생의 태도를 배우던 시절이었다. 시험을 준비하며 배운 성실함, 작은 상 하나에도 기뻐하며 더 노력하던 마음, 영화 속 세계에 충격을 받고 삶을 다시 바라보던 시선. 이 모든 것들은 지금의 나를 이루는 기둥이 되었다.

고등학교 입시는 또 하나의 도전이었다. 평준화가 시행되기 전이라 치열한 경쟁이 있었고, 다행이 진학하려고 목표를 세운 고등학교에 진학할 수 있었다. 나는 그 과정을 통해 도전과 끈기의 의미를 배웠다.

2년 후 고등학교 입시 제도가 곧 평준화로 바뀌며 후배들은 이러한 경쟁의식은 사라지게 되었지만, 중요한 것은 시험의 결과가 아니라 그 과정에서 내가 얻은 태도였다.

이제 돌이켜 보면, 월례고사와 영화관람이라는 학교의 독특한 문화는 내 인생을 비추는 등불이었다. 시험은 인내를, 영화는 상상력을, 작은 노트는 성실함을 가르쳤다. 그리고 그 모든 것은 결국 삶을 성실히 살아가는 힘으로 돌아왔다.

삶은 언제나 시험과 같다. 잘 풀릴 때도 있고, 막막할 때도 있다. 그러나 중요한 것은 매 시험이 끝난 뒤 우리를 기다리는 작은 보상, 작은 기쁨이다.

나에게는 그것이 영화였고, 친구들과 함께 나눈 웃음이었다. 인생의 여정에서도 마찬가지다. 고난이 있어도 그 끝에는 반드시 보상이 있고, 그 보상은 삶을 다시 걷게 하는 힘이 된다.

나는 오늘도 마음속으로 그 시절을 떠올린다. 교문 앞에 기다리던 커다란 관광버스, 창밖으로 스치던 풍경, 영화관에서의 설렘, 그리고 손에 쥔 작은 노트 한 권. 그것들은 단순한 추억이 아니라, 지금까지 내 삶을 지탱해 주는 뿌리다.

그리고 그 뿌리는 오늘의 나에게 여전히 이렇게 말해 준다.

"노력은 때로 느리게 오지만, 결코 길을 잃지 않는다."

스즈끼 옷의 설렘

청춘의 무모함과 웃음의 힘

청춘이란 늘 불안과 설렘이 공존하던 시절이었다. 미래는 멀고 불확실했지만, 친구들과 함께라면 세상이 조금은 가벼워졌다. 인천의 바닷바람이 얼굴을 스칠 때마다, 우리는 잠시나마 현실의 무게를 잊고 웃었다.

시험의 긴장, 재수의 두려움, 어른이 되어야 한다는 압박 속에서도 우리를 지탱한 건 서로의 존재였다. 어느 날, 한 친구가 말했다. "오늘은 그냥 다 잊고, 이상하게 옷을 입고 한번 놀아보자!" 그 말은 장난 같았지만 동시에 진지한 제안이었고, 곧 우리 일곱 명의 약속이 되었다.

조건은 단 하나, 평소와는 다른 복장을 하고 나오라는 것이었다. 그 단순한 규칙 하나가 우리를 한껏 들뜨게 했다. 나는 옷장을 뒤져 보았지만 마음에 드는 것은 없었다.

그러다 문득 떠오른 것은 소를 키우던 친구 집에서 본 멜빵 달린 작업복이었다. 농사일에 쓰이는 옷이었지만, 우리 동네에서는 흔히 스즈끼 옷이라고 불렀다.

일본의 자동차 회사 이름에서 비롯된 속칭이기도 했지만, 당시에는 공군 조종사복이나 작업복을 일컫는 말로 더 자주 쓰였다. 나는 그 옷을 꺼내 입고, 빨간 베레모를 눌러썼다. 그리고 기타 통을 메고 집을 나섰다.

약속 장소에서 친구들을 만나자마자 폭소가 터졌다. 누군가는 나를 농군 같다고 했고, 누군가는 만화 주인공 같다고 했다.

하지만 그 웃음 속에는 일종의 부러움이 있었다. 평범하지 않음, 남들과는 다른 선택을 했다는 사실이 우리를 더욱 기쁘게 했다. 그날 우리는 이미 일상의 굴레에서 벗어나 있었다.

일곱 명은 버스를 타고 교외로 향했다. 창밖으로 스쳐 가는 들판, 과수원, 그리고 바람에 흩날리는 우리의 웃음소리. 통기타의 음은 서툴렀지만, 노래하는 목소리는 세상을 다 가진 듯 힘찼다. 누가 들어주지 않아도 좋았다. 노래는 우리 스스로에게 들려주는 위로였고, 우정을 확인하는 합창이었다.

여행 속의 소소한 사건과 음악의 힘

청춘의 기록은 늘 크고 화려한 사건보다 사소한 순간 속에 남는다. 그날 과수원에서의 하루도 그랬다. 도시락을 꺼내 나누어 먹고, 서로의 어깨에 기대 드러누워 하늘을 바라보며 노래를 불렀다.

누군가 찍어준 사진 속, 우리는 서로 등을 베고 앉거나 무더기로 겹쳐 누워 있었다. 그 표정들은 순수했고, 웃음은 천진스러웠다. 비록 시간이 흘러 사진의 색은 바랬지만, 그 웃음만큼은 여전히 생생하다.

제주도 여행은 또 다른 장면으로 남아 있다. 한라산을 오르며 소주 네 홉들이 병을 배낭 위에 조심스레 얹어두었는데, 한 친구가 잠시 쉬려다 중심을 잘 못 잡아 비틀거리다 바위에 그만 병이 산산조각이 났다.

귀한 술을 잃은 아쉬움에 모두가 그 친구를 향해 목소리를 높였지만, 정작 그 호통 속에도 웃음이 가득했다. 술보다 아까웠던 것은, 그것을 함께 나누며 즐기려던 우리의 마음이었다. 그래서 우리는 더 크게 웃을 수밖에 없었다. 그때 일을 지금도 가끔 만나면 소주병 깨버렸던 추억의 이야기로 웃음꽃이 핀다.

비 오는 날 묵었던 제주도 중문의 시골집에서는 더욱 우스운 사건이 벌어졌다. 화장실을 물으니 주인이 가리킨 곳은 다름 아닌 돼지우리였다. 우산을 쓰고 쭈그리고 앉아 일을 보는데, 아래에서 돼지가 꿀꿀거리며 올려다보던 순간.

그 기묘한 풍경은 당황스럽기도 하고, 우산을 든 채 폴짝 뛰며 웃기기도 했다. 그러나 그 웃음을 공유한 덕에 우리의 여행은 더욱 잊을 수 없는 추억으로 남았다.

인천 앞바다 서포리 해수욕장에 갔을 때도 마찬가지였다. 배를 타고 뱃전에 서서 바닷바람을 맞으며 노래를 불렀다. 해변에 도착해서는 둥그렇게 모여 앉아 기타를 치고 노래를 부르니, 주변에 놀러 온 사람들까지 합세해 원을 이루었다.

음악은 경계를 허물고 낯선 이들을 친구로 만들었다. 순간은 추억으로, 추억은 우리의 청춘을 증명하는 증거가 되었다.

또한 우리는 단순한 유흥에 그치지 않았다. 음악다방을 하루 빌려 일일티켓을 만들고, 아는 사람들에게 팔아 모은 돈으로 봉사활동을 하기도 했다. 고아원을 찾아가 음식과 물품을 나누고 노래를 불렀다. 큰돈은 아니었지만, 그 작은 나눔이 우리에게는 세상을 다 가진 듯한 기쁨이었다.

그때 DJ를 맡아 마이크 앞에서 또렷한 목소리로 진행하던 친구는 지금도 유튜브 음악 방송을 이어가고 있다. 음악과 목소리를 사랑하던 청춘의 열정이 여전히 그의 삶을 지탱하고 있는 것이다.

우정의 깊이와 인생의 교훈

죽마고우라 부를 수 있는 친구들은 성격도 달랐고, 때로는 사소한 일로 언쟁을 하기도 했다. 그러나 그것은 길지 않았다. 며칠 지나지 않아 우리는 다시 만나 웃으며 옛이야기를 했다.

이해타산이 없는 순수한 시절의 우정은 그렇게 단단했다. 나이가 들어 지금은 각자의 사회적 위치와 가정의 무게가 달라졌지만, 어릴 적 친구들과의 만남은 여전히 특별하다. 이유도 목적도 없다. 그저 함께 있는 것만으로 충분하다.

연말이면 여전히 부부 동반 모임으로 만나 서로의 안부를 확인한다. 악수하며 "다음에 또 보자"고 말할 때마다 가슴이 먹먹하다. 젊은 날처럼 자주 만나지는 못하지만, 그 한 번의 만남은 한 해의 무게를 덜어주는 큰 힘이 된다.

엘버트 허버드 (Elbert Hubbard)는 "진정한 친구란, 세상이 나를 버릴 때에도 내 곁에 남아 있는 사람이다." 이는 조건 없는 우정의 따뜻함을 담은 말로 많은 사람들은 진정한 친구의 의미를 이야기하곤 한다. 진정한 친구의 의미를 확인하지는 못해도 서로의 부족함을 채워주고, 서로의 강점을 응원하며 우리는 함께 성장했다.

영국 시인 바이런은 또 이렇게 말했다. "우정은 세상의 어떤 것보다도 귀하다. 명예나 권력, 심지어 사랑조차도 우정을 대신할 수는 없다." 세월이 흐르며 지위나 재산은 달라졌지만, 친구들과의 우정만은 변하지 않았다. 그것이야말로 인생이 주는 가장 값진 선물이었다.

우리는 살아가며 수없이 많은 만남과 헤어짐을 경험한다. 그러나 청춘의 한때를 함께한 친구들, 음악과 웃음, 눈물과 열정을 공유한 친구들과의 인연은 쉽게 지워지지 않는다.

그것은 삶의 어느 지점에서도 불현듯 떠올라 마음을 따뜻하게 덥혀주는 불씨와 같다. 설령 먼 훗날, 이름조차 희미해지는 날이 오더라도, 그때 함께 웃고 울던 순간들은 영원히 우리의 영혼 속에 살아남을 것이다.

그 시절의 친구들은 내게 세상을 배우게 한 첫 번째 스승이었고, 그들과의 우정은 인생이 결코 혼자 걸을 수 없는 여정임을 알려주었다.

지금은 모두 나이 들어 서로의 이름 앞에 직함이 붙고, 삶의 무게가 다르지만, 그 옛날 친구들과의 웃음만은 여전히 순수하다. 그것이야말로 세월이 주는 가장 고귀한 선물이다.

이따금 낡은 사진 속에서 빨간 베레모를 쓴 내 모습과 환하게 웃는 친구들을 본다. 그 사진은 단순한 추억이 아니라, 내 삶을 지탱해준 기억의 기둥이다. 청춘의 노래는 끝났지만, 그 선율은 여전히 내 마음속에서 흐르고 있다.

우정이란 결국, 세월이 흘러도 변하지 않는 마음의 멜로디다.
그 노래를 함께 부를 수 있었던 그 시절이, 지금도 내 인생의 가장 찬란한 시간이었을 것이다

젖은 수첩, 지워진 이름

젊음의 웃음소리와 젖은 수첩

돌이켜보면, 인생은 종종 예상치 못한 순간에 우리를 웃게도 하고 울게도 한다. 때로는 장난처럼 다가오고, 때로는 설명할 수 없는 신비로움으로 남는다. 그날도 그랬다.

디자인 진흥기관에서 여름 방학 한달 실습 교육을 맡아 진행하던 시절이었다. 나는 당시 젊은 남녀 스무 명의 학생들과 함께 있었다. 남학생 열 명, 여학생 열 명, 그들은 디자인의 기초를 배우고 현장의 경험을 쌓으며 자신의 꿈을 키워가려고 왔다.

나는 그들을 단순한 후배가 아니라 하나의 팀, 그리고 가족 같은 존재로 여겼다. 그들에게는 아직 세상에 대한 두려움보다 설렘이 가득했고, 그 열정과 웃음은 내 마음까지 젊게 만들었다.

실습이 어느 정도 마무리되자, 나는 이들과 특별한 추억을 남기고 싶었다. 그리하여 제안한 것이 1박 2일 워크숍이었다. 장소는 경기도 연천의 명소, 재인폭포였다. 그곳은 마치 신이 빚어낸 듯 장엄한 풍경을 자랑한다.

높은 절벽 위에서 쏟아지는 물줄기는 하얀 포말을 일으키며, 산 골짜기의 고요를 단숨에 깨뜨린다. 물소리는 밤새 이어져 마치 살아 있는 생명체처럼 우리 곁을 맴돈다.

워크숍의 마지막 날, 우리는 폭포 옆 돗자리를 펴고 둘러앉아 음식을 나누었다. 저녁노을 아래서 울려 퍼지는 젊음의 웃음소리는 폭포 소리와 어우러져 하나의 교향곡 같았다.

그 순간은 그저 행복했고, 세상에 어떤 근심도 없었다. 그런데 바로 그때, 몇몇 장난기 많은 학생들이 다가와 나를 번쩍 들어 올리더니, 그대로 폭포 아래의 물속으로 던졌다.

순간적으로 숨이 멎는 듯 놀랐지만, 물속에서 허우적거리며 올라오며 결국 나도 웃고 말았다. 학생들에게 화를 낼 수는 없었다. 그들의 장난 속에는 애정이 있었고, 나는 그 순수함을 거부할 수 없었다. 그러나 물 위로 올라온 순간, 씁쓸한 한숨이 새어 나왔다.

주머니 속의 수첩이 흠뻑 젖어버린 것이다. 그 안에는 수많은 인연의 흔적이 빼곡히 적혀 있었다. 연락처, 이름, 짧은 메모들까지, 그 모든 것이 번진 잉크 속에서 지워지고 있었다.

나는 그때 단순히 "다시 옮겨 적으면 되지"라고 스스로를 위로했다. 하지만 그 젖은 수첩은 그날 이후 내 삶에서 하나의 상징이 될 줄은 그때는 몰랐다.

그 당시 알게 된 남녀 두 학생은 결국 결혼도 하고 수원에 있는 모대학 교수활동도 하였고 지금은 은퇴하였다고 한다. 참 인연도 깊은 곳이기도 하다

사라진 이름, 남겨진 울림

워크숍을 마치고 돌아온 다음 날, 나는 새 수첩을 펼쳐 놓고 젖어버린 수첩 속의 내용을 하나하나 옮겨 적기 시작했다. 번진 글씨를 눈으로 더듬으며, 사라져 가는 글자들을 다시 생명력 있게 불러내는 일은 마치 인연을 되살리는 작업 같았다.

그런데 그날 저녁, 충격적인 소식이 날아들었다. 대학 시절 함께 웃고 울던 친한 동기가 갑작스러운 교통사고로 세상을 떠났다는 것이다. 그 소식은 내 마음을 송두리째 흔들어 놓았다.

믿기지 않았다. 함께 술잔을 기울이며 꿈을 이야기하던 얼굴이 아직도 선명했는데, 이제는 다시는 볼 수 없다는 사실이 너무나 가혹하게 느껴졌다.

장례식은 다음 날 아침 발인이었다. 나는 서둘러 장례식장을 찾아가야 했다. 그때 문득, 새로 옮겨 적은 수첩을 펼쳐 친구의 연락처와 장례식장 정보를 확인하려 했다.

하지만 그 순간 기이한 일이 벌어졌다. 수많은 이름과 번호가 빼곡히 적혀 있는 그 수첩 속에서, 유독 그 친구의 이름만 빠져 있었던 것이다. 나는 얼어붙은 듯 멍하니 그 빈칸을 바라보았다. 나는 이유도 모른 채 그 페이지를 그냥 넘겨 버린 모양이었다.

그 사실을 깨닫는 순간, 등골이 서늘해졌다. 단순한 실수였을까? 아니면 친구가 마지막으로 내게 보내는 이별의 신호였을까? 잠시 망설였지만, 나는 그 이름을 다시 적지 않기로 했다.

이미 이 세상을 달리한 이름을 수첩에 남겨둔다고 무슨 소용이 있을까. 그 번호로는 다시는 연결될 수 없을 터였다. 나는 결국 펜을 내려놓고, 그 빈칸을 그대로 남겨두었다. 그 빈칸은 그 친구가 내게 남긴 마지막 메시지처럼 느껴졌다.

그날 이후 나는 종종 그 장면을 떠올린다. 그것이 단순한 우연인지, 아니면 우리가 알 수 없는 또 다른 힘의 개입인지 아직도 확신할 수 없다. 이와 유사한 일도 두가지가 더 있었다.

도깨비 터라는 한옥 집에서 돈을 많이 번 지인이 건물이 도로가 나는 바람에 집의 반이 헐리자 건강하던 분이 병을 얻어 2개월 만에 돌아가셔 재산이 반으로 줄었다. 다른 한 가지도 믿기 어려운 일이 또 있다. 그래서 세가지의 신비함을 기억하고 있는 것이다.

재인폭포의 전설과 삶의 메시지

그래서 인지 재인폭포는 오래전의 일들로 기억나고 특별한 곳이기도 하다. 재인폭포는 예로부터 많은 전설을 품고 있는 장소다. '재인'이라는 이름에는 아픈 사연이 담겨 있다.

옛날 이곳에서는 곡예를 하는 광대들이 고을사또나 귀족들의 명령으로 절벽 위에서 줄타기를 했다고 한다. 그들은 목숨을 건 연기를 펼치며 사람들의 환호를 받았다.

그러나 어느 날, 고을사또의 흑심 있는 의도적 명령에, 그는 절벽에서 줄타기를 시켰다. 결국 그는 그곳에서 떨어져 생을 마감했다고 한다.

이후 사람들은 그를 기리며 이곳을 '재인폭포', 즉 '광대의 폭포'라 불렀고 이쁘기로 소문난 재인 부인이 그 고을 사또의 수청에 반대하며 코를 물었다고 해서 코문리였으나 지금은 고문리로 불리고 있다. 가끔 이런 이야기를 하면 재미있는 이야기라고 한다.

이 전설은 단순한 옛이야기가 아니다. 지금 우리의 삶에도 여전히 존재하는 보이지 않는 줄타기를 떠올리게 한다. 우리는 매일 생계와 꿈, 책임과 욕망 사이에서 아슬아슬하게 균형을 잡으며 살아간다.

때로는 성공의 환호를 받지만, 그 뒤에는 늘 위험이 도사리고 있다. 재인폭포의 물소리가 그렇게 크게 울리는 이유는 어쩌면 우리의 내면에 있는 두려움과 열망을 함께 비추기 때문일지도 모른다.

역사적 시선으로 본다면, 재인폭포의 전설은 인간의 절대적인 권력의 횡포와 순응해야 했던 재인의 비극적인 이야기를 전해지고 있다.

"삶은 한 줄기 물과 같다. 높이 떨어질수록 그 소리는 크지만, 결국은 고요히 흘러간다."

내 친구의 이름이 수첩에서 사라진 것도, 어쩌면 그와 닿아 있다. 우리는 모든 것을 기록하고 붙잡으려 하지만, 결국 모든 것은 흘러간다. 이름은 사라져도 기억은 남고, 그 기억은 우리의 마음속에서 여전히 살아 숨 쉰다.

과학과 신비의 경계에서

수첩에서 이름이 빠진 일은 과학적으로 설명하면 단순한 실수일 수 있다. 젖은 글씨가 번져 잘 보이지 않아 놓쳤을 수도 있고, 정신이 산만한 와중에 무심코 넘어갔을 가능성도 있다. 그러나 인간의 마음은 때때로 논리로 설명할 수 없는 영역을 향해 열린다.

반면 과학은 모든 것을 인과관계로 설명하려 한다. 어느 쪽이 옳다고 단정할 수는 없지만, 중요한 것은 우리가 그 사건을 어떻게 해석하느냐이다. 삶의 의미는 사건 자체가 아니라, 그 사건을 바라보는 우리의 마음에 달려 있다.

나는 친구의 이름이 사라진 그 빈칸을 통해 이렇게 생각하게 되었다. "삶은 우리가 마음에 새길 때 비로소 존재한다. 기록된 글자는 지워질 수 있지만, 마음속에 새겨진 기억은 결코 사라지지 않는다."

세월이 흘렀다. 그 친구가 떠난 지도 오래다. 그러나 여전히 나는 재인폭포의 물소리를 기억한다. 그곳에서 울려 퍼지던 학생들의 웃음소리, 물속에 던져지던 순간의 당황스러움, 그리고 젖어 버린 수첩.

그 모든 장면은 내 인생의 한 페이지로 선명하게 남아 있다. 가끔 동기들과 모여 술한잔 하는 날이면 친구의 이야기가 나온다.

친구의 이름이 사라진 그 빈칸은 이제 내게 이렇게 속삭인다. "기억하라. 그리고 사랑하라.

삶은 언제나 불완전하고, 인연은 언제 끝날지 모른다. 그러니 오늘을 소중히 살아가자."

인생은 끊임없이 흐르는 폭포수 같다. 우리는 그 속에서 때로는 기적을, 때로는 비극을 마주한다. 그러나 중요한 것은 그 모든 흐름 속에서 우리가 어떻게 살아가느냐이다.

이것이 젖은 수첩과 사라진 이름이 내게 남긴, 가장 오래 남는 기억의 하나인 것이다.

잎사귀 아래 그늘 하나

뿌리의 시간, 붉은 벽돌 아래

서울 종로구 대학로 한켠, 마로니에공원이라 불리는 그 공간은 단순한 도심 공원이 아니다. 가을이면 노랗고 붉은 벽돌의 이미지로 보여주는 친숙함을 보여주는 혜화동 대학로의 명칭을 갖고 있다.

그 땅 위에는 1920년대 말부터 한국의 고등교육과 민주·문화의 흐름이 스며 있었다. 일제강점기에는 경성제국대학의 본관과 문리학부, 법학부가 들어섰고, 해방 이후에는 서울대학교가 자리하면서 수많은 청년들이 학문과 토론의 시간을 보냈다.

공원의 이름 '마로니에'는 교정에 심어진 마로니에 나무에서 비롯되었다. 그 나무 아래에는 젊음의 고민, 낭만의 대화, 그리고 혁명의 함성이 함께 스며 있었다.

나는 군복을 벗고, 손에는 첫 회사의 이름표를 단 채 그 길을 걸었다. 붉은 벽돌 건물의 그림자가 길게 드리워진 가을 오후, 햇살이 나뭇잎 사이를 통과하면서 바스락거리는 소리를 냈다.

그 소리는 마치 나의 설렘과 두려움의 리듬 같았고, 그 순간 나는 '처음'이라는 이름표를 떼고 '직장인'이라는 옷을 입었으며, 동시에 '청춘'이라는 마음을 놓지 않으려 했다.

그 길 위에서 깨달았다. 기억이란 머릿속에만 머무는 것이 아니라, 땅 위에 눌러놓고 다시 꺼낼 수 있는 무대라는 것을. 마로니에 공원은, 나뿐 아니라 수많은 청춘이 서고 넘어지고 다시 일어서며 자신을 발견한 공간이었다.

학문의 토대였던 그곳이 이후에는 연극과 버스킹이 깃든 문화의 숲으로 거듭났다. 공원은 나무가 잎을 떨구고 다시 돋우고, 벽돌 건물은 빛을 반사하며 시간의 흐름을 떠안았다. 그 안에서 나는 '장소'가 아니라 '시간의 흐름'을 받았다.

마로니에가 나에게 준 것은 공간이 아니라 어제에서 오늘, 내일로 이어지는 연속된 기억이었다.

골목의 맥박, 나와 공원의 대화

첫 직장의 퇴근길, 나는 자연스럽게 그 골목으로, 그 골목의 끝자락 공원으로 걸음을 옮겼다. 붉은 벽돌 건물 아래, 나뭇잎이 햇살처럼 부서지고 있었다. 그 풍경은 조용히 속삭였다. "너의 이야기는 이제 시작이다."

벤치에 앉아 극단 포스터를 넘기며 여유와 시간을 갖고 자주 멋진 연극 속의 주인공들을 만나보리라는 희망의 마음도 담았다. 저녁이면 흑맥주 한 잔과 함께 동료들과 내일을 논하며 와인보다 짙은 가능성의 거품을 나눴다.

공원의 나무들은 그 모든 대화를 기억할까?

웃음소리, 연극이 끝났을 때 터져 나온 박수, 혼자 걷던 늦은 밤의 조용한 발소리까지. 내가 비스듬히 앉았던 벤치는 단순한 좌석이 아니라 삶의 무대였다. 골목은 나 자신과 마주한 장소였고, 나뭇잎이 깔린 길 위에서는 '살아있음'의 체온을 느꼈다.

지금 이 자리엔 은행나무의 노란 우산이 햇살을 가리고 있고, 사람들이 스쳐 지나간다. 하지만 내 안엔 그때의 내가 여전히 서 있다. 마로니에여, 너는 내 청춘의 정원이었다.

다시 그 시절로 돌아갈 수 없어도, 나는 오늘도 그 나무 아래서 내 안의 젊음을 다시 읽는다. 공간이 바뀌어도 기억은 바뀌지 않는다.

내가 머물던 그 길, 내가 만났던 그 사람들, 내가 들었던 그 음악, 모두 이 공간에 흔적을 남겼다. 나에게 마로니에 공원은 '어른이 되어가는 과정'이었고, '친구와 나눈 이야기'였으며 무엇보다 '자신과의 약속'이었다.

마로니에 공원에서 배운 관계와 시간의 진실

10월의 마지막 날이면 누구나 마음 한켠이 조금은 촉촉해지는 이유가 있을 것이다. 계절이 한 해의 끝을 향해 천천히 걸어가고, 나뭇잎이 마지막 남은 빛을 품은 채 바람에 떨어지며 어쩐지 인생도 그렇게 한 장면씩 저물어가는 듯한 기분을 주기 때문이다.

나에게도 그런 기억이 있다. 세월이 아무리 흘러도 마치 오래된 영화의 한 장면처럼 또렷하게 되살아나는 가을밤 한 장면. 그날의 배경은 늘 그렇듯 마로니에 공원이었고, 이야기는 한 후배와의 작은 약속에서 시작되었다.

당시 후배는 마흔을 얼마 남기지 않은 나이를 지나고 있었다. 그는 늘 자신보다 남을 먼저 챙기고 웃음으로 분위기를 밝히는 사람이었지만, 정작 본인의 삶만큼은 어디선가 조금씩 비어 있는 듯한 외로움을 지니고 있었다.

어느 날, 농담 반 진담 반으로 그는 말했다. "선배님, 제가 마흔 되기 전에 결혼 못 하면… 그때는 제가… 음, 맥주 한 잔 사겠습니다." 그리고 해마다 10월의 마지막 날에는 맥주를 함께하는 날로 하겠습니다. 대수롭지 않게 넘겼던 말이었는데, 그는 그 약속을 마음속에 깊게 새겨 두었던 모양이다.

그리고 마흔의 문턱에 다가가던 그해 10월 말, 후배에게 전화가 걸려왔다. "선배님… 오늘 저녁, 시간 괜찮으세요?" 그의 목소리는 평소보다 조금 더 조용했고, 마음속의 무게가 말끝에 살짝 묻어 있었다. 그렇게 우리는 마로니에 공원 길가의 작은 2층 흑맥주집에서 만났다.

실내는 온통 블랙 칼라의 인테리어에 창가에는 가로등 불빛에 더욱 화사하고 노랗게 물든 은행잎이 바람에 흩날렸고, 거리 스피커에서는 이용의 「잊혀진 계절」이 흐르고 있었다.

그 노래의 첫 소절이 흘러나오는 순간, 마치 시간의 주름이 펼쳐지듯 주변의 모든 장면이 선명하게 남았다.

맥주잔을 사이에 두고 후배는 조용히 웃었다. "선배님, 약속 지키러 왔습니다." 말은 웃고 있었지만 그 눈빛엔 묘한 흔들림이 있었다.

아마도 '기대했던 변화가 오지 못한 한 해'에 대한 아쉬움, '이제는 나도 어른이 됐다는 현실적 자각', 그리고 아직 다 말하지 못한 마음의 고백들이 섞여 있었을 것이다.

사람은 누구나 오랫동안 품어온 바람이 이루어지지 않을 때 묘한 허전함을 느낀다. 그 허전함은 때로 외로움이 되고, 때로는 새로운 다짐이 된다. 후배의 그 미소 속에는 그 모든 감정이 조용히 흔들리고 있었다.

맥주잔을 기울이던 우리는 오래전의 이야기, 젊은 시절의 농담, 함께 겪었던 힘든 순간들, 그리고 말하지 못했던 고민들까지 꺼내 놓았다. 마치 맥주 한 모금이 과거를 불러오고, 은행잎 소리가 미래의 문을 살짝 열어주는 듯했다.

그날 우리는 단지 '약속을 지키기 위해' 만난 것이 아니라, 서로의 삶에 다시 한 번 인사를 건네기 위해 만난 것이었다. 인생이 흐르다 보면 언제 어디에서든 다시 만날 수 있을 것 같지만, 사실은 그렇지 않다는 것을 어른이 될수록 더 깊이 깨닫게 된다. 그날의 만남은 그래서 더 소중했다.

술잔이 비워지고 가게 문을 나서자 늦가을의 바람이 차갑게 스쳤다. 후배는 조금 들뜬 듯, 그러나 어딘가 담담하게 말했다. "그래도 저는 잘 살고 싶습니다. 비록 아직 혼자여도요." 그 말이 왠지 유난히 마음을 울렸다.

잘 산다는 것, 누군가의 손을 잡고 걷는다는 것, 혼자라도 포기하지 않는다는 것, 그 모든 말이 하나의 문장으로 합쳐져 있었다.

인생의 행복은 '누구와 살고 있는가'보다 '어떤 마음으로 살고 있는가'에서 더 많이 나타난다는 것을 나는 그날 후배의 표정에서 다시 배웠다. 누군가는 혼자여도 따뜻하고, 누군가는 둘이어도 외롭다. 결국 행복은 마음의 온도에서 결정되는 것이다.

세월은 흐르고, 그날로부터 어느덧 20년이 지났다. 얼마전 그의 어머니가 돌아가시고 이젠 정말 혼자가 되어 버렸다. 후배는 여전히 홀로지만, 어느 순간부터 나는 그를 걱정하지 않게 되었다. 그는 시간 속에서 스스로를 다독이는 법을 배웠고, 삶을 대하는 자세는 누구보다 성숙해졌다.

가끔 만나면 우리는 여전히 그 첫날의 맥주 이야기를 꺼내 웃곤 한다. "선배님, 그때 맥주 참 쓰더라구요." 그러나 그 씁쓸한 맛이 바로 그의 인생을 더 깊게 만들었던 것이다. 인생의 쓴맛을 아는 사람만이 단맛의 소중함도 안다.

그리고 그 장면이 찍히던 무대, 마로니에 공원은 여전히 같은 자리에 있다. 변한 것은 주변의 건물과 사람들의 옷차림뿐. 나무는 여전히 자기 계절을 지키고, 벤치는 여전히 누군가의 고백과 위로를 받아낸다. 나는 가끔 그 벤치에 찾아가 앉는다.

바람이 잎사귀를 흔들 때면 나는 그날의 맥주잔, 그날의 약속, 그리고 그날의 대화를 다시 떠올린다. 그 기억은 마치 오래된 노래처럼 내 안에 남아 있어서, 들을 때마다 마음속 어딘가를 조용히 두드린다.

가만히 앉아 있으면 이런 생각이 든다. 우리는 어쩌면 인생에서 정해진 단계마다 누군가와 약속을 하며 살아가는지도 모른다. 젊을 때는 친구들과 미래를 약속하고, 결혼하면 배우자와 인생을 나누기로 약속하며, 아이가 생기면 그들의 삶을 지켜주겠다는 약속을 한다.

그리고 나이가 들면, 결국 자신과의 약속 앞에 서게 된다. '지금 이 순간을 소중히 살겠다', '누군가에게 따뜻한 사람이 되겠다', '내 삶을 사랑하는 데 머뭇거리지 않겠다'는 조용하고도 단단한 약속이다.

후배와의 약속도, 그날 마셨던 맥주도, 그 자리에서 흘렀던 노래도 결국은 그런 인생의 약속들이 만들어낸 풍경이었다.

나는 오늘도 마로니에 공원 벤치에 앉아 천천히 호흡을 고른다. 사람들은 바쁘게 지나가고, 커피 향이 가득한 골목에서는 새로운 연극 공연 포스터가 바람을 타고 흔들린다.

누군가는 벤치에서 도시락을 먹고, 누군가는 나무 아래서 기타를 치고, 누군가는 혼자 앉아 생각에 잠긴다. 하지만 이 모든 장면이 어쩐지 한 편의 연극처럼 느껴진다. 공원은 오늘도 무대이고, 사람들은 때로는 주연으로, 때로는 조연으로 살아가고 있다.

나는 스스로에게 조용히 말한다.

"함께 살아가는 세상, 그 모든 순간들은 결국 서로에게 향하는 작은 약속들이다."

언젠가 또 다른 10월의 마지막 날이 오면, 나는 다시 그 벤치에 앉아 누군가에게 건넬 맥주잔을 준비할 것이다. 잎사귀는 여전히 노랗게 물들고, 바람은 여전히 청춘의 냄새를 실어올 것이며, 공원은 여전히 우리의 이야기를 받아줄 것이다. 시간은 흐르지만, 사람의 마음을 따뜻하게 해주는 순간만은 변하지 않고 남는다.

그리고 나는 안다. 내 청춘의 정원은 지나간 것이 아니라, 지금도 내 안에서 조용히 살아 움직이고 있다는 것이다.

그 벤치 위에서 나는 다시 시작한다. 다음 계절을 향한, 또 다른 나만의 작은 약속으로, 그리고 마로니에 공원의 노란 은행나무는 나의 기억의 한 조각으로 영원히 남을 것이다.

태백여행의 교훈

청춘의 약속, 책임을 배우던 시간

내 인생에서 가장 또렷하게 빛나는 단어를 고르라면, 나는 주저 없이 장교 후보생 때 라고 말한다. 대학 강의실과 운동장을 오가던 그 시절, 지원서를 들고 서 있던 20대 초반의 나는 설렘과 두려움 사이에서 한참을 맴돌았었다.

군복을 입는다는 건 제복을 걸치는 일이 아니라, 국가와 이웃의 안전을 내 어깨에 올려놓는 일이라는 걸, 우리는 훈련장 흙냄새 속에서 천천히 배웠다.

학군단 생활은 단체 생활로 곧 사람을 배우는 시간이었다. 새벽 공기를 가르며 달리던 구보, 진흙탕을 헤치던 전술훈련, 구령대의 짧고 분명한 명령들 사이로 우리가 진짜로 익힌 건 신뢰와 책임이었다. 동기 한 명의 실수로 전원이 얼차려를 받던 날, 분대장이 앞으로 나와 조용히 말했다.

"책임은 내게 있습니다. 벌은 내가 받겠습니다."

그 한 마디가 우리를 하나의 팀으로 묶었다. 그날 이후 우리는 명령보다 모범이 먼저임을 몸으로 알았다. 나보다는 우리를 위해 책임있게 행동하고 솔선수범하는 자세로 행동을 배우는 기회였던 것이다. 젊은 청년의 군인 시절의 정신적 신념으로 어려움을 극복할 수 있는 힘이 었을 것이다.

시간이 흐르며 학군단의 환경과 인식은 바뀌었다. 1963년부터 첫 모집이 이루어져 관심이 많았고 높은 경쟁률을 기록했으나, 학군단 장교 임관 후 불확실성과 복무 여건에 대한 우려로 현재는 일부 대학에서 군 복무에 대해 기피하고, 실질적으로 내가 다니던 학교도 우리 때보다 10분의 1로 줄어든 현상을 보이듯 모집 정원을 채우지 못하는 현상이 나타나고 있어 안타깝다.

장교 후보생 지원자를 단순 병역 이행 수단이 아닌 국가 안보와 개인 경력을 동시에 발전시킬 수 있는 제도로 발전시켜야 한다

그리고 앞으로 지속 가능한 제도로 발전하기 위해서는 지원동기 강화, 여성 지원자 및 다양성 확대, 첨단화 및 디지털 군사교육 그리고 복무의 유연화로 다양성과 전문성을 갖춘 차세대 지휘관 양성 시스템으로 자리매김할 필요가 있는 것이다.

그래도 본질은 변하지 않았다. 학군단은 '병역의 통로'가 아니라 '사람을 키우는 학교'다. 전술과 전략은 기술로 가르치되, 리더십과 품격은 서로를 통해 배운다.

우리가 그때 익힌 것은 총의 사용법만이 아니라, 사람을 대하는 태도였다. 그 태도는 군을 떠난 뒤에도, 삶의 수많은 현장에서 내 진로와 선택을 단단하게 붙들어 주었다.

이별을 배운 자리, 남은 자들의 다짐

청춘은 오래갈 것 같았지만, 인생은 늘 예상 밖의 순간을 준비해 둔다. 소위 임관후 전방에서 복무하던 한 동기는 우리와 운명을 달리하게 되어 우리는 말문을 잃기도 했다. 더 멀리, 더 높이 가리라 믿었던 친구였기에, 상실은 더 선명하게 아팠다.

해마다 현충일이면 동기들은 삼삼오오 모여 그의 묘를 찾는다. 어머니가 살아 계실 때는 한 번도 그 자리를 비우신 적이 없었다고 한다. 동생을 비롯하여 그의 가족들도 늘 찾아 온다. 나는 함께하지는 못했지만 6월 6일 현충일 사이렌 소리가 울리는 시간이면 언제나 마음은 그곳에 가 있다.

처음 57명이 함께 임관했지만 운명을 달리한 친구도 여러 명이 있고 이민가서 보지 못하는 친구들도 있다. 45년이 흘렀는데도 해마다 현충사를 잊지 않고 늘 그곳을 찾는 동기들이 있다.

이토록 잊지 않고 찾아가는 고마운 동기들의 힘은 어디에서 나오는 것일까? 그 동기의 어머니로부터 이별은 잊는 기술이 아니라, 기억하는 품위라는 걸 그분의 뒷모습에서 배우게 되었던 것 같다..

우리는 자주 모여 서로의 안부를 묻고, 각자의 자리에서 흔들릴 때마다 같은 말로 서로를 일으켜 세웠다.

"우리는 혼자가 아니다."

푸른제복의 이름으로 맺어진 인연은 동창회가 아닌 사명의 공동체였다. 누구는 군을 떠나 시민의 자리에서, 누구는 현역으로, 또 누구는 다른 분야의 리더로 살아왔지만, 서로의 등을 떠밀고, 쓰다듬고, 붙들어 주는 일은 여전했다. 우리에게 우정은 과거형의 추억이 아니라, 현재진행형의 약속이었다.

태백의 바람이 가르쳐 준 것 — 흐르는 물처럼, 다시 시작하는 법

정기적 모임이 계속 이루어지던 어느날 2024년 4월 26일, 모임의 변화를 주기 위해 우리는 태백으로 떠났다. 태백에 일로 거주하고 있는 동기 한 명이 일정을 정성껏 짜 주었다.

"먹고, 보고, 걷고, 이야기하자." 목적지는 소박했지만, 마음은 오래 준비한 여행이었다. 서울서 모여 차 한대로 출발한 아침은 어느날 보다 상쾌하고 옛 시절로 돌아간 느낌이었다.

고속도로의 출발은 시원함 그대로였다. 휴게실에서의 커피 한 잔과 짧은 담소는 또 다른 여행길이고 모두가 행복한 미소의 얼굴들은 잊지 못한다.

직선과 곡선의 길을 달리며 우리는 살아온 이야기를 나누며 도착한 후 첫 방문은 허기진 배를 채우기 위해 예약해 둔 맛있고 유명하다는 고기집이었다. 태백에 사는 친구의 현지 프리핑을 듣고 멋진 일정에 그의 꼼꼼한 배려심이 묻어나 있었다.

식사 후 황지연못에서 발걸음을 멈추었다. 이곳의 전해 오는 전설은 어느 날 노승이 시주를 받으러 왔을 때 황부자는 쇠똥을 주었고, 시아버지를 대신해 며느리가 쌀을 시주 하자, 노승은 "이 집의 운이 다하여 곧 큰 변고가 있을 터이니 살려거든 날 따라 오시오. 절대로 뒤를 돌아다 봐서는 아니 되오."라고 말하였으나, 큰 천둥소리에 며느리가 놀라 뒤를 돌아보는 순간 황부자의 집터는 큰 연못이 되었으며, 며느리는 아기를 업은 채 바위로 변했다는 이야기가 전해 내려온다.

잔잔한 수면 위로 전해 내려오는 전설은 탐욕과 교만의 끝을 말해 주고 있다. 물이 가르친 건 절제였다. 가진 것을 비워줘야 다시 찬다. 연못을 떠나 구문소에 서자, 바위가 뚫린 협곡 사이로 바람이 길을 냈다. 오래 흐른 물이 바위를 깎듯, 끈기는 풍경을 바꾼다는 걸 눈으로 확인했다.

이곳은 '오복동 천자개문'이란 뜻도 전해지고 있다. 어쩌면 우리에게도 열려 있는 문인지 모른다. 더 맑은 곳으로 들어가려면, 먼저 마음의 칼날을 둥글게 갈아야 한다는 뜻일 테니 말이다.

그리고 오른 태백산 하늘공원에서, 우리는 바람을 마주 보았다. 능선은 멀리서 보면 부드럽지만, 가까이 가면 굴곡이 깊다. 멀리서 보면 아름답고, 가까이서 보면 성실해야 하는 게 산이고, 사람이고, 삶이다. 전망대에 서서 각자의 시간을 조용히 되짚었다. 산은 말이 없고, 바람은 길을 알려 준다.

마지막으로 완만한 산길을 따라 30분 정도 걸어가며 우리의 살아온 이야기는 계속되었고 검룡소에 이르렀다. 한강의 발원이라 하기엔 샘은 소박했다. 그러나 우리가 마신 물맛은 놀라울 만큼 깊었다. 커다란 강도 작은 숨결에서 시작한다.

우리 인생의 강도 그러했음을, 우리 우정의 강도 그러했음을 알게 한다. 작은 안부, 짧은 위로, 뜻밖의 방문이 모여 오늘의 유량이 되었다는 걸, 검룡소가 일깨워 주었다.

돌아오는 차 안에서 다음 만남을 약속했다. 자리가 다르면 생활도 달라지고, 생활이 달라지면 말의 색도 달라진다. 그럼에도 우리가 지켜 온 한 가지가 있다면, 서로를 '군복 입은 청년'으로 기억해 주는 일이다. 그 기억이 우리를 좋은 어른으로, 조금 더 따뜻한 시민으로, 여전히 유효한 동기로 남게 한다.

우리가 이 길에서 배운 것들

비록 지금은 각자의 자리에서 다른 삶을 살고 있지만, 마음속에서는 여전히 푸른 군복을 입은 청년 장교로 남아 있다. 태백에서 배운 교훈처럼, 과거의 아픔과 그리움은 결국 새로운 시작의 자양분이 된다. 그리고 언젠가 우리가 다시 모두 모이는 날, 이렇게 말할 것이다.

"우리는 함께였다." 그리고....

사명은 크고 멀리 있지 않다. 우리 각자가 맡은 자리에서 최선을 다하는 일이다.

우정은 '오래'가 아니라 '자주'에서 자란다. 짧은 안부도 쌓이면 강이 된다.

상실은 잊음이 아니라 기억의 다른 이름이다. 좋은 기억은 남은 자들의 품위를 만든다.

새로운 시작은 거창한 결심이 아니라 작은 실천에서 태어난다.

검룡소의 시작되는 샘처럼, 새로운 시작은 늘 조용한 자리에서부터 흐른다.

50년의 동행

시작의 설렘, 그리고 디자인이라는 운명

세월은 언제나 조용히 흐른다. 그러나 돌이켜보면 그 안에는 이름을 붙이지 못한 감정들이, 말로 다 할 수 없는 장면들이 고스란히 깃들어 있다.

50년이라는 시간은 숫자 이상의 무게를 지닌다. 그것은 한 세대가 자라나고, 세상이 몇 번이나 바뀌고, 사람의 생각마저 성숙해지는 시간이다. 그 긴 세월의 출발점은 한 장의 입학 통지서였다.

1970년대의 어느 봄날, 낯선 설렘을 품은 채 미술대학의 문을 처음 열었다. 젊은 우리에게 그 공간은 마치 세상 한복판에 새로 생긴 우주처럼 느껴졌다.

교문을 들어서던 그 순간, 가슴속에서는 두려움과 기대가 엇갈렸다. "미술대학에 가서 뭘 하려는 거니?" "그림 그려서 밥은 먹고 살겠니?" 주변의 말들은 의심처럼 들렸지만, 그 말들이 오히려 우리를 단단하게 했다. '누가 뭐래도, 우리는 우리의 길을 간다.' 그 결심이 그때 싹텄다.

그 시절의 디자인은 지금처럼 세련된 단어가 아니었다. '공업미술'이나 '응용미술'이라 불리며, 사회에서는 여전히 낯선 개념으로 여겨졌다. 그러나 우리는 믿었다. 사람의 손끝과 생각이 만나 세상을 바꿀 수 있다고.

처음엔 목공과 가구 제작이 중심이었고, 나무와 쇠, 천과 흙을 다루며 형태와 기능을 배웠다. 시간이 지나면서 산업디자인이라는 이름이 정식으로 붙었다. 이름이 바뀌었다는 것은 단순한 행정의 문제가 아니었다. 그것은 '새로운 정체성'의 선언이었다. 우리는 그날부터 자신 있게 말했다. "우리는 산업디자이너다."

당시는 한국 사회가 숨 가쁘게 성장하던 시기였다. 경제개발 계획이 시작되고, 도시가 팽창하며, 공장 굴뚝에서 연기가 하늘로 솟던 시절이었다. 기업들이 처음으로 '디자인'을 산업의 필수 요소로 인식하기 시작했고, 각 회사는 디자인실을 만들며 전문가를 찾았다.

우리는 그 변화의 파도 속으로 뛰어들었다. 그때의 디자인은 지금보다 훨씬 더 '삶 가까이'에 있었다. 연필 한 자루, 의자 하나, 포장지 한 장에도 우리의 고민이 스며 있었다.

밤새워 스케치를 하고, 모형을 깎고, 손끝이 닳도록 연습했다. 발표 전날, 학교의 불은 새벽까지 꺼지지 않았다.

그것은 단순히 기술을 익히는 시간이 아니라, 인생을 디자인하는 시간이기도 했다. 실패와 좌절을 반복하면서도 서로를 응원했고, 한마디의 격려에 다시 일어섰다. 그 모든 과정이 오늘의 우리를 만들었다.

세월이 흘러, 각자는 다른 길을 걸었다. 기업의 실무자로, 교수로, 예술가로, 혹은 장인의 길로. 어떤 이는 가정을 꾸리고, 또 어떤 이는 외국에서 새로운 세상을 만났다.

그렇게 수십 년이 흘러도 마음 한구석에는 늘 같은 약속이 남아 있었다. "언젠가는 다시 만나자."

그 약속이 현실이 된 것은 2016년, 입학 40주년이 되던 해였다. 어느 날 한 친구가 조심스레 말했다. "우리, 한 번 모이자. 너무 오래 됐잖아." 그 말이 불씨가 되어 연락망이 만들어지고, 잊혔던 이름들이 하나씩 되살아났다.

누군가는 서울에서, 누군가는 지방에서, 또 다른 이는 해외에서 소식을 전해왔다. 그렇게 흩어졌던 조각들이 다시 한데 모였다.

40년의 세월을 담은 전시회

우리는 '76 디자인·공예학과 동기회'라는 이름을 정하고, 회비를 모으고, 경조사를 챙기며 하나의 공동체로 다시 엮였다.

그리고 뜻을 모아 인사동의 한 갤러리에서 40주년 기념 전시회를 열기로 했다. 각자의 일정과 작품을 맞추는 일은 쉽지 않았지만, 마음은 하나였다.

오랜만에 만난 친구들의 얼굴엔 주름이 늘었지만, 눈빛만큼은 여전히 빛났다. 전시 준비 과정은 마치 젊은 날의 스튜디오로 돌아간 듯했다. 작품을 걸고 조명을 맞추며, 서로의 의견이 부딪히기도 하고 웃음이 터지기도 했다.

그리고 마침내 전시회 날. 흰 벽 위에 걸린 작품들은 단지 미술 작품이 아니라, 한 사람의 인생을 응축한 시간의 결정체였다. 나무의 결을 다듬어온 친구는 여전히 목공의 세계를 지키고 있었고, 제품디자인을 하던 친구는 어느새 동양화를 그리는 작가로 변신해 있었다.

누군가는 수십 번의 개인전을 열어 모두의 존경을 받았고, 또 다른 이는 학생들을 가르치며 새로운 세대를 길러내고 있었다. 작품 하나하나에는 각자의 시간이 새겨져 있었다.

갤러리 안은 웃음과 옛이야기로 가득했다. "야, 이게 네 작품이야? 그때도 손이 빠르더니 여전하네." "너 그때 그 스케치북 아직 가지고 있어?" 웃음소리 사이로 오래된 우정이 되살아났다. 세월은 우리를 변하게 했지만, 마음속의 열정만큼은 여전히 그때 그대로였다.

그날의 전시회는 단순한 재회가 아니었다. 그것은 40년을 견뎌온 시간의 기록이자, 앞으로의 다짐이었다. 작품을 바라보며 우리는 서로의 삶을 이해했고, 같은 길을 걸어온 동행의 의미를 다시 느꼈다.

그리고 깨달았다. 우리가 만들어온 디자인은 단지 물건을 아름답게 꾸미는 일이 아니라, 사람과 사람을 연결하는 다리였다는 사실을.

전시회 이후 우리는 꾸준히 만남을 이어갔다. 분기마다 모여 식사를 하고, 연말에는 송년회를 열었다. 하지만 무엇보다 소중한 건 카카오톡 단체방이었다. 지금도 매일 아침, "오늘도 건강하세요" "좋은 하루!"라는 인사가 올라온다. 화면 속 짧은 문장 하나가 하루를 따뜻하게 연다.

누군가는 손주 자랑을, 누군가는 여행 사진을, 또 다른 이는 건강검진 결과를 올린다. 웃음과 걱정, 위로와 격려가 오간다. 젊은 시절의 열정은 그렇게 일상의 다정함으로 변해갔다.

지난 여름, 유난히 더운 복날이던 날, 우리는 한 뷔페 식당에서

점심을 함께했다. 소복한 한그릇 식사 앞에서 터져 나온 웃음소리
는 마치 학생 시절의 교정처럼 밝았다. "이제 칠순이 넘은 친구도
생겼잖아. 다들 한 번쯤 큰 여행 가야지. 젊은 마음으로!" 한 친구
의 제안에 모두가 박수를 쳤다.

그렇게 우리는 내년 봄, 일본 북쪽 지방으로의 동기 여행을 약속
했다. 회갑이나 칠순 잔치 대신, '함께 떠나는 여행'으로 인생의 새
로운 페이지를 쓰기로 한 것이다.

동기, 평생의 벗이자 삶의 거울

이제 우리는 인생의 황혼으로 향해 걷고 있다. 젊은 날의 치열함
은 어느새 부드러운 미소로 바뀌었고, 눈빛에는 세월의 깊이가 스
며들었다. 그러나 마음속 불씨는 여전히 뜨겁다.

동기란 단순한 친구가 아니다. 인생의 여러 계단을 함께 오르며
서로의 부족함을 채워주는 사람들이다. 때로는 경쟁자였고, 때로
는 위로자였으며, 언제나 동행자였다.

함께 밤을 새워 과제를 하던 순간, 사회에 나와 각자의 길을 걸
으며 서로의 소식을 응원하던 시간, 그리고 이제 다시 모여 웃음
과 추억을 나누는 지금까지. 이 모든 시간이 바로 '우정'이라는 이
름으로 이어져 있다.

헬렌 켈러는 말했다. "어둠 속에서 친구와 함께 걷는 것이, 빛 속
에서 혼자 걷는 것보다 낫다."

그 문장은 우리의 이야기를 그대로 비춘다. 우리가 함께 걸어
온 길은 늘 환하지는 않았지만, 결코 외롭지 않았다. 때로는 인

생의 바람이 거세게 불어도, 옆에 있는 친구의 존재만으로 마음은 따뜻했다.

입학 40주년 전시회는 이제 10년 전의 기억이 되었지만, 그날의 감동은 여전히 현재진행형이다. 디자인은 사물을 위한 기술이아니라, 사람을 위한 철학이라는 것이다.

그리고 '동기'라는 이름으로 맺어진 인연은 그 어떤 예술작품보다도 더 오래 빛나는 걸작이라는 사실이다.

앞으로의 목표는 단순한 성공이 아니다. 함께 성장하고, 서로를 빛내는 것이다. 세월이 흘러도 우정은 나이를 먹지 않는다. 인생의 후반전에서 우리가 디자인해야 할 것은 더 이상 제품이나 건축물이 아니라, '사람과 사람 사이의 따뜻한 관계'이다.

언젠가 또 다른 10년 후, 우리는 다시 모여 이렇게 말할 것이다.

"우리는 함께 걸어왔다. 그리고 앞으로도 함께 걸어갈 것이다."

그때 우리의 머리는 더욱 희어지고, 걸음은 느려질지라도 마음만큼은 여전히 젊고 반짝일 것이다.

그것이야말로 우리가 반세기 동안 함께 만들어온 가장 아름다운 디자인이다.

그 디자인은 손끝이 아니라, 마음으로 완성된다.

인생이란 결국, 서로의 시간을 나누어 그려가는 하나의 거대한 작품이다.

우리는 지금도 그 작품을 완성해 가는 중이다. 마치 아직 덜 마른 유화의 캔버스처럼,

우리의 이야기는 여전히 그려지고 있다.

2장

자연이 들려주는 삶의 소리

공간 속의 숨결, 자연과 인간이 함께 빚은 풍경
바람과 물, 그리고 빛의 흐름 속에서
삶의 단순함과 평화, 존재의 이유를 다시 배운다.

자연이 들려주는 삶의 소리

삶을 비추는 조용한 거울

삶의 어느 순간, 도시의 소음 속에서 문득 걸음을 멈추면 낡은 담벼락 위의 포스터나 잡초가 뒤덮은 폐가, 혹은 사람의 발길이 드문 시골 역 같은 풍경들이 말을 걸어온다. 사라진 듯한 그 자리에서 오히려 생명의 숨결이 느껴진다.

자연은 언제나 우리 곁에 있었지만, 우리는 늘 너무 바쁘게 살아가느라 그 존재를 놓쳐왔다. 그러나 잠시 눈을 돌려 바라보면, 그 모든 공간에는 여전히 사람의 흔적과 세월의 결이 살아 숨 쉬고 있다.

나는 인생을 바람에 비유하곤 한다. 바람은 내 뜻대로 바꿀 수 없지만, 그 흐름을 읽어 함께 나아갈 때 비로소 의미가 생긴다. 운명도 그렇다. 주어지는 것이 아니라, 스스로의 시선과 태도에 따라 달라지는 것. 세상을 탓하기보다 그 흐름을 이해하며 조용히 걸어가는 것이야말로 삶의 지혜라고 믿는다.

하늘의 구름을 올려다보면, 머무르지 않고 흘러가는 모습이 아름답다. 완벽함에 대한 집착을 내려놓고, 흘러가는 시간 속에서 자유를 배울 수 있다. 자연은 우리에게 늘 같은 말을 건넨다. "붙잡지 말고 흘러가라." 인생의 깊이는 완벽함이 아니라, 변화 속에서도 자신을 잃지 않는 마음에서 비롯된다. 푸른 하늘 아래는 회색빛 갯벌도 만나러 가곤 했다.

어린 시절의 갯벌은 나의 첫 교실이었다. 썰물 때 드러난 진흙 위를 맨발로 걸으며, 세상은 서로 연결되어 있다는 단순한 진리를 배웠다. 작은 생명들과 소금기 어린 바람, 그리고 햇살이 한데 어우러진 그곳에서 나는 자연이야말로 고요함과 평온 속에 가장 정직한 스승임을 느꼈다.

강화도의 마을을 걸을 때면 비어 있는 집과 닫힌 우물, 허물어진 담장 속에서도 따뜻한 기운이 남아 있었다. 사라진 듯한 풍경이지만 그 안에는 누군가의 이야기가 여전히 머물고 있었다.

새로 짓는 일보다, 잊힌 것을 다시 바라보는 일이 더 값질 때가 있다. 그 자리에서 나는 '남겨진 것의 아름다움'을 보았다.

봉평의 작은 별장에 머물던 시절에는 고요함의 힘을 배웠다. 자연 속에서는 마음이 단순해지고, 불필요한 욕심이 사라진다. 행복은 더 많은 것을 채울 때가 아니라, 비워낼 때 찾아온다. 바람과 햇살, 새소리만으로도 충분하다는 사실을 그때 알았다. 자연의 여백 속에서 인간은 비로소 자신을 돌아본다.

삶을 돌아보면, 사람과 자연이 어우러진 순간들이 유독 따뜻하게 기억된다. 공원에서 뛰노는 강아지, 카페 창가에 앉은 고양이, 호숫가 벤치에 앉은 연인들, 그리고 과일가게 앞을 오가는 사람들까지, 모든 생명은 서로의 공간 속에서 살아간다. 그것이 세상의 본래 모습이다.

자연은 결코 멀리 있지 않다. 우리의 일상 속, 바람 한 줄기와 나무 그림자, 한 모금의 커피 향기 속에도 자연은 존재한다. 인간이 공간을 만들지만, 그 공간을 완성시키는 것은 자연이다. 그리고 그 둘을 잇는 다리가 바로 인간의 마음이다.

나는 다시금 깨닫는다. 자연과 공간, 그리고 인간은 따로 존재하지 않는다. 세상은 하나의 호흡으로 이어져 있다. 우리가 자연을 지키면, 자연도 우리를 품는다.

조용한 풍경 속에서, 나는 늘 그 사실을 확인한다. 자연은 말이 없지만, 나는 자연속에서 나와의 대화를 많이 하는 편이다. 언제나 답을 가지고 용기를 주기도 한다. 그 단순하고도 위대한 진리가 나를 다시 단단하게 만든다.

멈추어진 시간

호숫가에서 마주한 멈춤의 시간

이른 아침, 호수 물가의 벤치에 앉아 있으면 마치 세상의 시계가 멈춘 듯하다. 어제와 오늘을 이어주던 일상의 소음은 저만치 물러가고, 남아 있는 것은 오직 고요한 햇살과 은빛으로 일렁이는 물결뿐이다.

나뭇잎 사이로 스며든 햇빛이 내 어깨에 내려앉고, 호수는 숨을 고르듯 잔잔한 파문을 내며 반짝인다. 나는 그 풍경 속에서 긴 벤치에 몸을 기대고 미동조차 하지 않는다.

그 순간만큼은 욕심도, 불안도, 목표도 모두 내려놓고 단지 '멈춤'의 시간을 허락받는다. 마치 한 장의 정지된 사진 속 풍경이 되어 버린 듯, 내가 호수의 일부가 된 듯한 착각마저 든다.

늘 무언가를 쫓고, 이루기 위해 발버둥치며 살아온 내게 이 시간은 더욱 특별하다. 잘된 일과 잘못된 일, 성취와 실패, 그 모든 것이 잠시 사라지고, 지금 이 순간 내가 햇살을 맞으며 호숫가에 앉아 있다는 사실 하나만이 삶의 의미로 남는다.

바쁘게 흘러가는 시간 속에서 잠시 숨을 고르는 '멈춤'은 사실 가장 역동적인 흐름일지도 모른다.

물 위를 미끄러지듯 스쳐 가는 오리 떼의 움직임은 내 시선을 붙들고, 이어폰에서 흘러나오는 잔잔한 선율은 호수의 물결과 어우러지며 내 마음을 채운다.

호수의 물결, 아침의 공기, 귀에 스며드는 음악은 세상의 어떤 위로보다 깊고 은밀한 힘을 건네준다. 이 순간만큼은 내가 살아 있다는 사실, 그리고 이 세상과 여전히 연결되어 있다는 확신을 느낀다.

그런데 오늘 아침, 그 고요한 풍경 속에서 내 발걸음을 멈추게 하는 장면을 마주했다. 호숫가 산책로에는 저마다 애완견을 데리고 나온 사람들이 있었다. 두 마리를 함께 산책시키기도 하고, 작은 강아지를 품에 안고 걷기도 하며, 그들만의 시간을 보내고 있었다.

그 모습은 이제 도심의 아침 풍경에서 흔히 볼 수 있는 장면이다. 본인을 위한 건강 관리인지, 아니면 반려견을 위한 산책인지 알 수 없지만, 아마도 두 가지 모두일 것이다.

하지만 내 시선을 사로잡은 것은 강아지들이 아니라, 전혀 다른 풍경이었다. 나이 지긋한 할아버지 곁에서 아무 말 없이 타박타박 걸음을 옮기는 어린 여자아이. 그 모습은 단순히 따라가는 것이 아니라, 마치 할아버지를 인도하는 듯한 걸음이었다.

8살 남짓 되어 보이는 작은 손녀의 발걸음은 귀엽고 사랑스러움을 넘어, 오히려 의젓하고 당당해 보였다. 그 걸음걸이에는 단순한 순종이 아닌, 묵묵히 지켜드리겠다는 책임감마저 깃들어 있었다. 그 작은 손이 전하는 따뜻함은 호수의 햇살보다도 더 밝게 빛났다.

대가족에서 1인 가구로, 그리고 사라져가는 풍경들

나는 반려견을 키우지 않는다. 하지만 그 순간, 평생 손주와 함께 이런 아침 산책을 해보지 못한 아쉬움이 마음 한편을 스쳤다.

내 외손주는 어느새 고등학생이 되어버렸다. 아침 산책을 함께하기엔 이미 시간이 늦어버린 나이지만 같이 거주하고 있지 않다.

문득 생각해 본다. 저 꼬마는 어쩌다 이른 아침에 일어나 할아버지를 따라 나온 걸까? 아니면 스스로 할아버지를 위해 손수 일어나 동행했을까? 그 의젓한 걸음은 그렇게 말하고 있었다.

"할아버지, 내가 함께 걸어드릴게요."

나는 그 아이의 마음속에 어떤 생각이 자리하고 있을지 궁금해졌다. 호수의 반짝임을 보며, 아침 공기를 마시며, 그 작은 마음속에 어떤 기억을 새기고 있을까? 그 기억은 훗날 어떤 힘이 되어 아이의 인생을 지탱할까?

예전에는 이런 풍경이 그리 특별하지 않았다. 내가 어린 시절만 해도 집은 언제나 사람들로 북적였다. 할아버지, 할머니, 부모님, 형제, 사촌들까지 함께 어울려 사는 대가족이 자연스러웠다.

마당에서는 아이들이 뛰어놀고, 부엌에서는 밥 짓는 냄새가 가득했다. 명절이면 친척들이 모여 밤새 이야기꽃을 피웠고, 저녁 식탁에는 늘 함께 모인 가족의 웃음소리가 넘쳐났다.

그러나 이제는 세상이 달라졌다. 경제적 여건, 직장 문제, 개인의 가치관 변화로 인해 대가족은 점점 사라지고, 핵가족 중심의 사회가 자리 잡았다. 그리고 지금은 그마저도 넘어, 1인 가구가 급격히 늘어나고 있다. 현재 한국 가구의 30% 이상이 1인 가구라고 한다. 혼자 사는 것이 더 이상 특별한 일이 아닌 시대가 된 것이다.

아침 호수 공원에서 본 풍경도 달라졌다. 예전에는 아침마다 유모차를 끌고 나온 부모들이 많았다. 그러나 지금은 아기 유모차 대신, 고급 유모차에 앉아 있는 것은 반려견이다.

작은 강아지가 주인에게 우대받으며 앉아 있는 모습은 이제 자연스러운 풍경이 되었다. 반려견은 단순한 동물이 아니라, 외로움을 달래주는 가족의 대체물이 되어가고 있다.

이러한 변화는 단순히 한 가족의 형태가 달라진 것을 넘어, 사회구조와 문화까지 흔들고 있다. 부모와 자식이 함께 살던 시대에는 서로의 삶이 밀접하게 연결되어 있었다.

가족은 기쁨과 슬픔을 함께 나누는 울타리였고, 그 속에서 아이들은 사랑과 책임감을 배우며 자랐다. 하지만 지금은 서로 다른 공간에서, 각자의 삶을 따로 살아간다. 함께 모이는 시간은 줄어들고, 마음의 거리는 점점 멀어진다.

"가족이란, 같은 집에 사는 사람이 아니라, 서로의 삶을 함께 걷는 사람들이다."

나는 오늘 호수에서 본 그 할아버지와 손녀의 모습 속에서, 사라져가는 풍경을 다시 보았다. 그 작은 손이 전하는 따뜻함은 단순한 애정이 아니라, 사라져가는 가족의 연대였다. 그 장면은 내 마음에 오래 남을 것이다.

흐르는 시간 속에서 지켜야 할 사랑

시간은 멈추지 않는다. 호수의 물결처럼, 우리의 삶도 끊임없이 흐른다. 그러나 그 흐름 속에서 우리가 잊지 말아야 할 것은 가족의 사랑이다. 가족은 단순히 혈연으로 묶인 존재가 아니다. 서로의 삶을 지탱하고, 어려운 순간에 손을 내밀어주는 유일한 울타리다.

나이가 들수록 나는 부모님과 함께하지 못했던 시간, 아이들과 충분히 함께하지 못했던 순간들을 떠올리게 된다. 그것은 깊은 아쉬움으로 남아 나를 흔든다.

"사랑하는 사람과의 시간은 당연하지 않다. 그것은 언제나 선물이다."

지금 우리의 사회는 기술은 발전하고, 생활은 편리해졌지만, 그속에서 우리는 점점 더 고립되어 간다. 혼자 살아가는 사람들이 늘어나고, 가족 간의 소통은 줄어든다. 그러나 인간은 본질적으로 연결을 원하는 존재다. 외로움 속에서 우리는 누구보다도 누군가의 손길을 갈망한다.

호수에서 본 작은 손녀의 걸음은 단순히 할아버지를 인도하는 것이 아니었다. 그것은 서로의 삶을 지탱하는 '사랑의 걸음'이었다. 그 한 걸음은 우리에게 이렇게 속삭였다.

"서로를 지켜주고, 함께 걸어가자. 그것이 가족의 의미다."

아침의 호숫가 풍경은 멈춘 듯 고요하지만, 내 안에서는 수많은 기억과 감정이 물결처럼 번져간다. 어린 시절의 북적이던 집, 부모님의 따뜻한 손길, 함께 나눈 식탁의 웃음소리. 그 모든 기억은 지금의 나를 지탱하는 뿌리다.

그리고 그 뿌리를 잊지 않을 때, 우리는 변화하는 세상 속에서도 길을 잃지 않는다.

이제 나는 깨닫는다. 가족이란 단순히 한 집에 사는 사람들이 아니라, 서로의 삶을 함께 살아주는 존재라는 것을. 세상이 아무리 변해도, 그 사랑만은 지켜야 한다.

"사랑은 시간을 멈추게 할 수 없지만, 그 시간을 빛나게 만들 수 있다."

오늘도 나는 호숫가의 벤치에 앉아 조용히 숨을 고른다. 그리고 다짐한다. 변화하는 세상 속에서도, 나의 가족에게 따뜻한 기억을 남기겠다고. 그 기억이 언젠가 누군가의 마음을 지탱하는 힘이 되기를 바라며.

호수의 잔잔한 물결처럼, 우리의 삶도 계속 흐른다. 그 흐름 속에서 우리가 지켜야 할 것은 오직 하나, 사랑이다. 그 사랑이야말로 멈추어진 시간 속에서도 끝없이 이어지는 가장 아름다운 선율이다.

구름에 비친 삶

하늘 절반의 풍경, 구름과 만나는 순간

여행을 하거나 어떤 목적지를 향해 걸음을 옮길 때, 문득 고개를 들어 하늘을 바라본 적이 있는가? 나에게 하늘은 언제나 시야의 절반을 차지하는 존재다.

도심의 빌딩 숲을 지날 때도, 교외의 들판을 거닐 때도, 심지어 일상의 바쁜 발걸음 속에서도 하늘은 늘 나를 따라다녔다. 그 하늘 속에 떠 있는 구름은 때로는 무심코 지나치지만, 또 어떤 날은 그 존재만으로도 발걸음을 멈추게 한다.

하얀 솜사탕처럼 가볍게 흩날리는 구름은 마음을 따뜻하게 만들고, 회색빛 장막처럼 무겁게 드리운 구름은 삶의 고단함을 닮아 보인다. 저녁 노을에 붉게 물든 구름은 그야말로 황홀한 한 폭의 그림처럼 펼쳐져, 마치 세상이 잠시 숨을 고르는 듯한 평온을 선물한다.

생각해 보면, 세상에 똑같은 구름은 단 한 번도 존재하지 않았다. 어제 본 구름과 오늘 본 구름은 늘 다르고, 내일의 구름은 오늘의 그것과 닮지 않는다.

이것은 마치 우리의 삶과 닮아 있다. 하루하루가 비슷하게 반복되는 것 같아도, 그 속에는 늘 다른 이야기와 감정이 담겨 있다. 그래서 나는 구름을 단순한 자연 현상이 아니라, 매일 새로운 얼굴로 나타나는 삶의 메시지라고 생각한다.

나는 오래전부터 구름에 특별한 관심을 두어 왔다. 길을 걷다 눈길을 사로잡는 아름다운 구름을 만나면 반드시 걸음을 멈추고 사진을 찍는다. 그 순간의 구름은 다시는 돌아오지 않기에, 기록으로라도 남기고 싶은 마음 때문이다.

카메라 속 구름은 단순한 풍경 사진이 아니다. 그 안에는 그날의 기분, 그때의 공기, 함께 있던 사람들의 목소리까지 고스란히 담겨 있다. 그래서 내 구름 사진첩은 곧 삶의 기록이자 추억의 보물창고다.

아일랜드 더블린에 사는 일러스트레이터 크리스 저지(Chris Judge) 역시 구름의 매력에 사로잡힌 사람이다. 그는 구름 사진 위에 간단한 선을 더해 원숭이, 곰, 고양이, 악어, 고래 등 다양한 이미지를 창조해낸다. 그 시작은 아주 우연한 계기였다.

어느 날, 여덟 살 난 딸아이가 무심코 찍은 구름 사진 속에서 그는 동물의 형상을 발견했다. 장난삼아 몇 줄의 선을 얹자, 평범한 구름은 단숨에 생명력을 가진 예술 작품으로 변했다.

그는 그 그림을 SNS에 올렸고, 사람들은 그 마법 같은 변화에 열광했다. 'A Daily Cloud'라는 그의 인스타그램에는 매일 새로운 구름 그림이 올라오고, 세계 곳곳에서 팔로워들이 모여든다. 사람들은 오늘의 구름이 어떤 동물이나 환상 속 존재로 재탄생할지 두근거리는 마음으로 기다린다.

그의 작업은 우리에게 이렇게 속삭인다. "세상은 우리가 보는 눈에 따라 무한히 변할 수 있다." 구름은 그 자체로 상상력을 자극하는 캔버스이며, 보는 이의 마음에 따라 끝없이 변주되는 예술의 언어다.

구름이 전해주는 삶의 교훈

구름은 끊임없이 움직이고 흘러간다. 아침의 구름은 점심 무렵이면 사라지고, 저녁의 붉은 노을 속 구름은 다음 날이면 흔적조차 남지 않는다. 구름은 덧없음의 상징이다. 그러나 동시에 그 덧없음 속에서 우리는 중요한 교훈을 배운다.

인류의 역사 속에서 구름은 늘 특별한 의미를 지녔다. 농경 사회에서는 하늘의 구름을 보며 가뭄과 풍년을 점쳤고, 전쟁터에서는 검은 구름 낀 하늘을 불길한 징조로 받아들였다. 구름은 시대와 문화를 초월해 인간에게 메시지를 전하는 자연의 언어였다.

구름이 주는 가장 큰 교훈은 겸손과 순환이다. 구름은 하늘 위에서 당당하게 떠 있지만, 결국 비가 되어 대지로 내려오고, 다시 증발하여 하늘로 돌아간다. 존재하지만 머물지 않고, 드러나지만 집착하지 않는다.

우리의 삶 또한 그래야 한다. 성공에 취해 자만하지 말고, 실패에 좌절하지 말며, 늘 흐르듯 변화하고 순환해야 한다. 삶에서 만나는 기쁨과 슬픔은 구름처럼 다가왔다가 사라진다.

구름이 비를 내려 대지를 적시듯, 우리의 아픔도 결국 새로운 성장을 위한 비가 된다. "이 또한 지나가리라." 이 단순한 진리는 구름을 통해 더욱 깊이 다가온다.

가끔 나는 무겁게 드리운 회색 구름을 바라보며 나 자신을 돌아본다. 구름처럼 나의 마음도 무겁게 내려앉아 있을 때가 있다. 그러나 나는 안다. 그 구름 역시 곧 흘러가고, 하늘은 다시 맑아질 것이라는 것을. 삶의 시련도 그렇게 지나간다. 중요한 것은 그 시간 속에서 내가 무엇을 배우고, 어떻게 성장하는가이다.

구름의 순환은 우리 사회의 관계에도 닮아 있다. 구름은 서로 모여야 비가 되고, 비가 되어야 꽃과 나무가 자란다. 사람도 마찬가지다. 혼자가 아니라 함께할 때 비로소 의미 있는 변화를 만든다.

우리가 타인과 맺는 관계, 그리고 그 안에서 나누는 사랑은 결국 우리의 삶을 풍요롭게 한다. 구름처럼 서로 섞이고 흩어지며, 또다시 만나는 것이 인생이다.

오늘의 구름, 나의 이야기

어느 날 길을 걷다가 나는 문득 생각했다.

"저 구름은 지금 이 순간의 나와 닮아 있다."

바쁘게 흘러가기도 하고, 잠시 멈춰 서기도 하며, 때로는 무겁게 드리우고, 또 어떤 날은 햇빛을 받아 황홀하게 빛난다. 구름은 결국 우리의 내면을 비추는 거울이다.

기쁜 날의 구름은 가볍게 떠다니고, 슬픈 날의 구름은 잿빛으로 내려앉는다. 그러나 언제나 변하지 않는 것이 있다. 바로 구름은 흘러간다는 사실이다. 그 어떤 날씨도 영원하지 않듯, 인생의 고비도 결국 지나간다. 그래서 나는 힘든 날이면 하늘을 올려다본다. 그리고 스스로에게 말한다.

"구름은 흩어지거나 사라질 것이 명확하다."

구름 사진을 찍을 때마다 나는 그것이 단순한 풍경이 아니라 삶의 기록임을 느낀다. 오늘의 구름은 내일 다시 볼 수 없다. 마치 우리의 하루가 그렇듯, 지금 이 순간은 다시 돌아오지 않는다. 그렇기에 오늘의 구름은 오늘만의 특별한 의미를 지닌다.

구름은 혼자 바라봐도 아름답지만, 함께 바라볼 때 더 깊은 울림을 준다. 아이와 손을 잡고 걷다가 "저건 토끼야!", "아니야, 고래야!" 하며 웃는 순간, 그 구름은 가족의 기억으로 남는다. 친구와 여행길에 함께 본 하늘 속 구름은 그 자체로 동행의 상징이 된다.

우리 사회 역시 하나의 큰 하늘 아래 서로 다른 구름들이 모여 이루어진 풍경이다. 사람과 사람이 만나고, 흩어지고, 다시 모이며 역사가 만들어진다. 구름이 비가 되어 대지를 적시듯, 우리는 서로에게 의미를 건네며 살아간다.

구름은 말없이 우리에게 속삭인다.

"흘러가라, 머물지 말라." "때로는 무겁게, 때로는 가볍게, 그러나 반드시 변화하라."

"나를 바라보는 네 마음 속에서 이미 새로운 이야기가 피어나고 있다."

그래서 나는 오늘도 하늘을 올려다본다. 그리고 구름을 본다. 그것은 단순한 풍경이 아니라 삶의 교훈, 마음을 적시는 시(詩), 그리고 새로운 희망의 캔버스다.

구름은 늘 우리에게 메시지를 전한다.

변화를 두려워하지 말라. 삶은 언제나 다시 흘러간다. 그리고 오늘의 순간을 놓치지 말라.

　나는 언젠가 나 자신도 누군가의 하늘에 작은 구름으로 남기를 바란다. 잠시 그들에게 위로와 상상을 선물하는 존재가 되기를. 하늘 절반을 차지하는 구름 속에서, 나는 오늘도 삶을 배우고, 내일을 살아갈 힘을 얻는다.

망둥어와 갯벌의 기억

사라진 풍경, 남아 있는 기억

어린 시절의 인천은 지금과는 전혀 다른 풍경이었다. 무엇보다 갯벌이 훨씬 넓었다. 어린 눈에 그렇게 보였기 때문만은 아니다. 실제로 지금은 도시 개발과 매립으로 사라진 갯벌이 수없이 많기 때문이다.

나는 그 갯벌이 가까운 곳에서 자랐다. 인천 신흥동에서 얼마 안 나가면 바로 바다였고 뚝방길을 걸어가면 낙섬이 있던 곳이다. 해가 뜨면 반짝이는 회색빛 갯벌 위에 서 있었고, 물이 빠져나가면 드러나는 갯골 따라 걸을 수 있었다.

널찍한 갯벌 위에 비스듬히 누워 있는 작은 배들, 바람에 흔들리는 붉은 칠면초와 같은 염생식물들, 그것이 내 유년기의 풍경이었다. 지금은 모두 사라지고, 아스팔트와 아파트 단지, 대학교 부속 병원등이 그 자리를 대신하고 있다.

인천이 변했다. 송도 신도시, 청라지구, 영종도, 그리고 바다 위 다리들이 도시를 연결한다. 강화도와 연안의 섬들까지 행정구역으로 아우른 인천은 이제 인구도 대구보다 많아졌다.

예산도 부족할 텐데 이렇게 넓은 지역을 어떻게 감당하느냐 물었더니, 시의 관련자는 "갯벌을 흙으로 메우면 땅이 되고, 그 땅을 분양하면 된다"고 답하던 기억이 있다. 농담처럼 들렸지만, 사실 그것이 인천의 성장 방식이었고, 그 결과 수많은 갯벌은 사라지고 말았다.

그러나 사라진 풍경은 내 기억 속에서는 여전히 살아 있다. 특히 갯벌에서의 망둥어 낚시는 지금도 선명하다.

망둥어 낚시의 추억

어릴 때, 동네 형들과 함께 갯벌로 나가던 날들을 떠올린다. 장비라 해봐야 대단한 게 아니었다. 구두닦는 이들이 들고 다니던 작은 통 모양의 낚시통, 갯지렁이를 담을 잘라낸 깡통, 그리고 짧은 대나무 낚싯대 하나. 바늘과 납으로 만든 뽕추를 달면 준비 끝이었다.

우리는 갯골을 타고 멀리 들어가 망둥어를 잡았다. 물이 빠져 있는 동안은 갯벌이 우리의 놀이터였다. 하지만 물이 다시 들어올 때면 사정은 달라졌다.

갯골부터 밀려드는 물살은 생각보다 빠르고, 조금만 길을 놓치면 큰일 날 수도 있었다. 무릎까지 푹푹 빠지는 갯벌은 어린아이들에게는 두렵기도 했다. 그러나 그 위험과 고생마저도 묘한 즐거움이었다.

잡아 올린 망둥어들은 집에 오면 이미 몸이 꼬부라져 굳어있었다. 어머니는 반가지 않은 듯 손질하고 말리느라 고생을 하셨다. 그럼에도 집안 가득 퍼지던 바다 냄새와 함께, 그 작은 물고기들은 우리 식탁을 풍성하게 해 주었다.

나는 종종 생각한다. 왜 그렇게 힘든 낚시를 따라다니며 즐거워했을까? 아마도 바다와 갯벌이 주는 자유로움 때문이었을 것이다. 흙과 물, 하늘이 맞닿는 갯벌에서의 칼라와 경험은 어린 마음에 평온과 설렘을 동시에 주었다.

갯벌의 생태환경적 가치

갯벌은 단순히 어린 시절의 놀이터가 아니다. 그것은 지구 생태계의 보고이다. 갯벌은 수많은 생물의 서식지이며, 물새들의 휴식처이고, 해양 생태계의 젖줄이다.

갯벌은 바다의 '신장'이라 불린다. 육지에서 흘러드는 오염 물질을 걸러내고, 바닷물을 정화한다. 1㎢의 갯벌이 5만 명이 배출하는 오폐수를 정화할 수 있다는 연구도 있다.

조개, 게, 갯지렁이, 망둥어 같은 작은 생물에서 철새까지, 수많은 생명이 갯벌을 터전으로 살아간다.

갯벌은 탄소를 흡수하고 저장하는 '블루 카본(Blue Carbon)' 생태계다. 산림보다 4~5배 많은 탄소를 저장할 수 있다는 보고도 있다.

즉, 갯벌은 사라져서는 안 될, 인류와 지구가 지켜야 할 귀중한 자산이다.

세계 곳곳에서도 갯벌의 가치를 일찍이 알아보고 보존을 위한 노력을 기울여 왔다.

독일과 네덜란드의 와덴해(Wadden Sea)는 세계 최대 규모의 갯벌로, 유네스코 세계자연유산에 등재되어 있다. 철새의 중간 기착지로서 국제적으로 보호받고 있다.

영국의 템스강 하구는 산업화로 심각하게 오염되었던 템스강 하구 갯벌은 대대적인 복원 사업으로 다시 생태계가 살아났다.

한국 서해안 갯벌은 다행히 우리나라의 일부 갯벌은 2021년 유네스코 세계자연유산으로 등재되었다. 하지만 인천, 경기 지역의 갯벌 상당수는 이미 매립되어 신도시로 변했다.

세계는 갯벌을 지켜내려 애쓰고 있지만, 우리는 오히려 갯벌을 개발의 희생양으로 삼아 왔다. 나의 어린 시절 놀이터가 사라진 이유가 바로 여기에 있다.

인천의 발전과 잃어버린 것들

오늘의 인천은 대한민국을 대표하는 국제도시다. 송도 신도시는 첨단 연구와 국제 비즈니스의 중심지로 성장했고, 청라지구와 영종도 역시 새로운 도시로 자리 잡았다. 인천국제공항은 세계적 허브로 기능하고 있다.

그러나 그 화려한 발전 뒤에는 사라진 갯벌의 그림자가 있다. 수많은 생명과 풍경, 그리고 어린이들의 추억이 깡그리 사라졌다. 나는 인천의 변화가 자랑스러우면서도, 동시에 씁쓸하다. 발전이라는 이름 아래 너무 많은 것을 잃은 것은 아닐까?

이제 나는 바닷가에 서면 바다보다도 수평선 너머의 하늘을 먼저 본다. 아마도 갯벌에서 자라난 시선 때문일 것이다. 갯벌은 늘하늘과 맞닿은 수평의 풍경이었다. 그곳에서 나는 인생의 몇 가지 교훈을 얻었다.

흐름을 따라야 한다. 밀물과 썰물처럼 인생에도 때가 있다. 억지로 거스를 수는 없다. 흐름을 읽고 그에 맞게 움직여야 한다.

갯벌은 겉보기엔 단순한 진흙밭 같지만, 그 속에는 수많은 생명이 산다. 사람도 겉모습이 전부가 아니다. 겸손해야 한다.

갯벌은 끊임없이 생명을 잉태한다. 인생도 마찬가지다. 오늘의 작은 씨앗이 내일의 풍성한 결실을 만든다.

망둥어 낚시의 추억은 이제 사라진 갯벌과 함께 내 마음속에만 남아 있다. 그러나 그 기억은 단순한 향수가 아니라, 오늘을 살아가는 나에게 여전히 힘을 준다.

영국 시인 T. S. 엘리엇은 말했다.

"우리는 탐험을 멈추지 않을 것이며, 모든 탐험의 끝은 우리가 처음 출발한 곳에 도달하는 것이고, 그곳을 새롭게 바라보게 될 것이다."

지금은 사라진 그 땅, 그러나 마음속에서 여전히 살아 있는 그 풍경. 언젠가 내가 살아온 모든 여정의 끝에서, 나는 다시 그 갯벌을 그려본다. 그리고 비로소 알게 될 것이다. 그것이 단순한 흙탕물이 아니라, 나의 삶의 배경이었다는 것을.

어린 시절의 망둥어 낚시는 단순한 놀이가 아니었다. 그것은 나의 기억을 형성한 장의 풍경이었고, 지금도 나를 지탱하는 기억이다. 그 넓은 갯벌들은 많이 사라졌지만, 그곳에서 배운 교훈은 여전히 내 안에 살아 있다.

발전과 개발이 불가피하다 하더라도, 우리는 지켜야 할 것을 잊지 말아야 한다. 갯벌이 그러했고, 자연이 그러하다. 그것을 지키는 일은 곧 우리의 미래를 지키는 일이다.

나는 오늘도 바다를 마주하며 마음속으로 되뇐다.

"갯벌은 사라질 수 있어도, 그 속에서 배운 평온과 지혜는 결코 사라지지 않는다."

사라져가는 시골의 풍경

강화로 떠나는 길, 어린 시절의 설렘

도시의 바쁜 일상 속에서 가끔 문득 떠오르는 풍경이 있다. 그것은 마치 바람결에 스치듯 그리움으로 다가오는 어린 시절 강화로 향하던 길의 모습이다. 그 시절, 강화는 지금처럼 다리로 연결되어 있지 않았다.

인천에서 버스를 타고 김포 끝자락에 도착하면, 강을 건너기 위해 버스를 통째로 실은 배에 올라야 했다. 겨울의 강물은 차가운 회색빛을 띠며 얼음 조각들이 둥둥 떠다녔다.

어린 내 눈에는 그 풍경이 마치 북극으로 떠나는 모험 같았다. 차가운 강바람이 볼을 스치고, 하늘은 겨울답게 높고 쓸쓸했다. 그 강을 건너는 동안 느꼈던 설렘과 두근거림은 아직도 내 마음속 깊은 곳에서 반짝이고 있다.

강화읍에 도착해도 길은 끝나지 않았다. 마을까지는 한참을 걸어야 했고, 외할머니 댁 마을 앞동산에 올라 바다 건너편을 바라보면 희미하게 북한 땅이 보였다.

아침이면 북한 방송이 들려오고, 밭에는 바람에 날려 온 전단지가 나부끼곤 했다. 어린 마음에는 두려움과 신기함이 뒤섞여 그 풍경을 마치 신비한 동화 속 장면처럼 받아들였다.

할머니 댁은 낮은 뒷산을 배경으로 자리한 ㅁ자형 초가집이었다. 가운데 마당을 중심으로 방들이 사방으로 열려 있어 어디든

드나들 수 있었다. 저녁이 되면 사랑채의 초롱불이 은은하게 켜지고, 그 아래에서 할아버지는 거친 손으로 새끼줄을 꼬시며 농사 준비를 하셨다.

그 모습을 옆에서 지켜보며 나도 작은 새끼줄 꼬는 법을 배우곤 했다. 짚 냄새와 할아버지의 굵은 손마디는 지금도 눈앞에 생생하다.

마당 한편의 문을 나서면 바로 비탈길 아래로 작은 샘터가 있었다. 그곳에서 할머니와 이모들이 빨래를 할 때면 물소리와 웃음소리가 어우러졌다. 여름이면 주변에 노란 백일홍과 들꽃들이 피어나 작은 정원을 이루었다.

하지만 그 평화 속에도 긴장되는 순간들이 있었다. 어느 날, 샘터 옆 처마 밑에 커다란 벌집이 생겼는데, 호기심 많던 나는 벌집 구멍을 막으려고 진흙 덩어리를 던졌다가 벌떼의 공격을 받았다.

비명을 지르며 도망치다 문턱에 걸려 넘어지고, 무릎은 까지고 머리는 벌에 쏘였다. 놀란 할머니와 이모들이 달려와 된장을 발라주며 달래 주던 그 순간의 따뜻함은, 두려움마저 잊게 만든 기억으로 남아 있다.

저녁이 되면 마당은 가족 모두의 식탁으로 변했다. 멍석을 깔고 빙 둘러앉아 식사한 뒤, 부채질을 하며 이야기꽃을 피웠다. 모기 퇴치를 위해 짚단을 태우면 은은한 연기가 피어올라 적막한 동네를 천천히 감쌌다.

그 연기 속에서 할아버지는 세상 이야기를 하셨고, 우리는 그 이야기를 들으며 꿈을 키웠다. 어느날 밤 때로는 막걸리를 사오라고 하면 외삼촌과 함께 돌아가야하는 길이 멀다고 낮은 산 중턱 소로를 가로질러 멀리 떨어져 있는 구멍가게에서 주전자에 술을 담아오다 밤길에 많이 흘리기도 했던 기억도 난다.

어린 날의 추억과 가족의 온기

그 시절 할머니의 화로에서 구워 먹던 밤과 고구마의 맛은 세상 어떤 간식보다도 달콤했다. 논에서 일을 마치고 돌아온 이모들이 우렁이를 잡아 삶아주시던 기억도 있다. 막내 외삼촌은 나와 같은 또래여서 친구처럼 함께 뛰어다녔다.

우리는 들판에서 메뚜기를 잡고, 뒷산에 올라 소리치며 마음껏 뛰놀았다. 그때의 웃음소리는 지금도 내 마음속 어딘가에서 메아리치고 있다.

안방 한쪽에는 다락방이 있었는데, 꿀, 박카스, 밤 등 귀한 물건들이 보관되었다. 어린 나는 그곳을 마치 보물창고처럼 여겼다. 할머니는 질서를 흐트러뜨리는 것을 싫어하셔서, 나는 몰래 기웃거리며 상상의 나래를 펼치곤 했다.

밤이 되면 할머니가 내 손을 꼭 잡고 건물 밖 마당 끝의 화장실까지 데려다주시고 밖에서 담배를 피우시며 앉아 있으셨다. 그때의 따뜻한 손길은 지금도 잊히지 않는다.

그러나 세월은 모든 것을 바꾸었다. 초가집은 사라지고 그 자리는 현대식 주택이 대신했다. 한때 북적이던 마당은 이제 주말에만 간신히 숨을 쉰다.

할머니, 할아버지, 외삼촌, 이모들 모두 이곳을 떠나시고 뒷산의 밤나무들은 관리가 되지 않아 벌레 먹은 밤들이 떨어져 있고, 그 길은 잡풀로 덮여 걸어 오르기도 힘들다. 그 모습을 바라보며 나는 깨달았다.

"변화만이 불변이다."

아름다웠던 풍경도, 웃음소리도, 그때의 냄새와 소리도 시간이 흐르며 조금씩 사라지고, 결국 기억 속에서만 흐르게 된다는 것을.

도시는 끝없이 성장하며 시골을 집어삼켰다. 아스팔트와 고층 건물이 마을의 냄새를 덮었고, 아이들은 스마트폰 속 세상에서 놀게 되었다. 손주에게 강화의 추억을 이야기를 한다면, 그는 마치 옛날 이야기 속 한 장면처럼 상상도 못할 것이다. 내가 뛰놀던 마당과 그가 살아가는 아파트 단지의 풍경은 너무도 다르다.

하지만 나는 안다. 그 차이가 바로 '변화의 본질'임을. 시골의 평온함이 도시의 속도로 대체되듯, 세대와 환경은 늘 변해왔다. 중요한 것은 그 변화 속에서도 사람과 사람 사이의 정을 잃지 않는 것이다.

기억은 강물처럼 흐르고, 미래를 향하여

강화에서의 시간은 이제 사진 속, 그리고 내 마음속 풍경으로만 남았다. 하지만 그 기억은 내 삶의 뿌리이자, 세상을 바라보는 눈이 시작된 곳이다.

그곳에서 나는 가족의 사랑을 배웠고, 자연의 순리를 느꼈으며, 사람과 사람 사이의 따뜻한 정을 알았다.

마츠시타 고노스케는 이렇게 말했다.

"가장 아름다운 모습은 자기 일에 몰두하는 모습이다."

과거를 그리워하는 데 머무르지 않고, 오늘의 자리에서 가족을 위해, 그리고 나 자신을 위해 최선을 다해 살아가야 한다는 깨달음을 준 말이다.

요즘은 어디를 가나 산촌, 어촌, 농촌 어디를 가도 비슷하고 공장이나 물류창고들이 들어서고 복판에 아파트가 들어서 시골 모습의 구분이 되지 않는 경관 디자인을 나는 무척 싫어한다.

시골답지 않다. 냄새만이 시골 느낌이다.

추억의 강화의 초가집은 사라졌지만, 그곳에서의 추억은 내 마음속에서 강물처럼 흐르고 있다. 비록 세월이 모든 것을 지우더라도, 내가 기억하는 한 그 시절의 풍경은 완전히 사라지지 않는다.

지금 나는 도시에서 또 다른 추억을 만들어가고 있다. 언젠가 손주도 이 이야기를 들으며 자신의 상상 속에서 그 시골 풍경을 그리게 될 것이다. 그리고 그 역시 자신만의 소중한 기억을 만들어가겠지.

세상은 끊임없이 변하지만, 사랑과 기억은 변하지 않는다. 그것이 내가 강화에서 배우고 지금도 가슴 깊이 간직하고 있는 가장 큰 진리이다.

어느 시인은 이렇게 말했다.

"강물은 멈추지 않는다. 우리가 그 강에 발을 담그는 순간, 이미 다른 물이 흘러가고 있다."

삶도 그렇다. 우리는 변화를 막을 수 없지만, 그 흐름 속에서 지금 이 순간을 사랑하고 감사하며 살아가는 것만이 우리가 할 수 있는 최고의 선택이다.

시골의 풍경은 사라졌지만, 그 추억은 여전히 내 마음속에서 흐르고 있으며, 그 강물은 앞으로도 계속 흘러, 다음 세대의 삶과 꿈으로 이어질 것이다.

가지고 비우는 것

봉평의 땅을 품다

봉평이라는 이름은 나에게 언제나 문학적 향기를 불러일으킨다. 이효석의 「메밀꽃 필 무렵」이 새겨 놓은 기억 때문이기도 하고, 강원 산자락이 품은 고요와 바람이 그대로 깃들어 있기 때문이기도 하다.

허브나라를 여러 번 찾으며 마음속에 그곳을 품고 있던 어느 날, 나는 인연처럼 봉평에 집 하나를 마련하게 되었다. 구부러진 산길을 따라 올라가다 다리 하나를 건너 들어가면 잔디밭이 펼쳐지고, 그 옆에는 옥수수를 심을 수 있는 밭이 있었으며, 작은 연못까지 끼고 있는 그 땅은 소박하면서도 풍요로웠다.

도시에서 지쳐 돌아왔을 때 잠시 머물 수 있는 별장, 그것이 나의 바람이었다. 펜션을 운영할 생각도 없었고, 돈을 벌기 위한 투자도 아니었다. 다만 자연이 주는 안식과 숨결을 가까이에서 누려 보고 싶었다.

그 집에 처음 발을 들였을 때의 설렘은 지금도 또렷하다. 주변에 집도 없이 멀리 보이는 집과 핸드폰도 잘 터지지 않는 산골이다. 산에서 내려오는 바람이 얼굴을 스치고, 멀리서 들려오는 계곡물 소리는 내 귀를 맑게 씻어 주었다.

문을 열면 햇살이 가득 들어와 바닥을 따뜻하게 덮었고, 창밖에는 옥수수밭이 녹색의 물결을 이루며 춤추고 있었다. 여름이면 냇가에 들어가 작은 물고기를 잡기도 하고, 흙냄새와 풀냄새가 가득한 밭에서 옥수수를 심으며 시간을 보냈다.

그러나 도시에 오래 머무르다 보니 파종의 시기를 놓치기 일쑤였고, 정작 제대로 여문 옥수수를 따 먹은 적은 없었다. 애써 키운 옥수수를 제대로 맛보지 못하고, 결국 이웃의 소 키우는 집에 다 나누어 준 일도 많았다.

그럼에도 불구하고 그 과정 자체가 주는 기쁨은 컸다. 씨앗을 뿌리고 물을 주며 기다리는 시간이, 곧 자연과 내가 하나가 되는 시간이었기 때문이다.

밤이 되면 별장은 또 다른 세상으로 변했다. 여름날 후배들과 함께 마당에 모여 돌판에 삼겹살을 구워 먹고 술잔을 기울이면, 그곳은 세상에서 가장 행복한 식탁이 되었다. 어둠이 내려앉은 잔디밭 위로 반딧불이가 날아다녔고, 높은 하늘은 별들이 초롱초롱 들러 쌓인 산과 밤하늘만 보였고 숲은 바람결에 따라 노래를 불렀다.

후배들은 "여기는 사람에게 가장 적정한 고도 해피 700m 고지라 그런지 술이 취하지 않는다"고 말하며 깔깔 웃었다. 아침이 되면 모두가 한목소리로, 이상하리만큼 머리가 맑다고 감탄했다.

숲과 바람, 흙과 물이 빚어낸 청정한 기운이 우리 몸을 새롭게 만든 듯했다. 그 기억은 봉평의 별장이 단순한 공간이 아니라, 삶의 균형을 회복시켜 주는 치유의 자리였음을 증명한다.

겨울의 별장은 또 다른 매력이 있었다. 눈이 펑펑 내리던 어느 날, 후배들과 함께 별장을 찾았다. 고기를 구워 먹은 뒤 설거지를 하려 했으나, 수도가 얼어붙어 물이 나오지 않았다.

결국 눈을 퍼서 녹여 그 물로 설거지를 했다. 불편했지만, 그 불편 속에서 우리는 함께 웃었고, 그 웃음은 오래 남았다. 불편이 때로는 가장 강한 유대감을 만들어 주는 법이다.

그때 함께 했던 후배들이 가끔 만날 때면 이곳 이야기를 나누며 추억이 생생하다고 한다. 이처럼 봉평의 별장은 사계절마다 다른 얼굴을 보여 주었고, 그 얼굴은 나와 내 주변 사람들의 기억 속에 깊이 새겨졌다.

단풍나무 200그루와 자연의 섭리

가을의 봉평은 눈부셨다. 붉고 노란 물결이 산자락을 뒤덮고, 하늘은 높고 투명하게 열렸다. 그 풍경을 더 아름답게 만들어 보고 싶다며 한 지인이 단풍나무 200그루를 선물한 적이 있었다.

포크레인을 불러 땅을 파고, 후배들과 함께 나무를 심었다. 포크레인이 한 삽을 뜨면, 우리는 재빨리 묘목을 들고 달려가 구덩이에 넣고 흙을 덮은 뒤 물을 주었다.

해가 저물 때쯤, 허리가 휘청거릴 만큼 고단했지만, 눈앞에 줄지어 서 있는 묘목들을 바라보며 묘한 성취감을 느꼈다. 그날의 땀과 웃음은 지금도 선명하다.

그러나 몇 해 뒤 돌아보니 절반밖에 살아남지 못했다. 늦은 가을에 심은 탓인지, 아니면 뿌리가 충분히 자리를 잡지 못한 탓인지 알 수 없었다.

하지만 절반이 사라진 자리를 아쉬워하기보다, 살아남은 나무들이 여전히 제자리에 서서 계절마다 붉은 옷을 갈아입는 모습을 보는 것이 더 값졌다. 인간의 뜻이 자연의 섭리를 온전히 바꿀 수 없음을, 그리고 살아남은 것만으로도 감사해야 함을 그 나무들이 가르쳐 주었다.

시골에 쉴 만한 땅이 있다는 사실은 한때 내게 작은 자부심이자 기쁨이었다. 그러나 그 기쁨은 오래가지 않았다. 계절이 바뀌고 해가 지날수록 별장은 내게 근심을 더 많이 안겨주었다.

겨울이면 보일러가 고장 나고, 울창한 뒷산의 화재 위험이 마음을 무겁게 했다. 여름이면 지하수 모터가 말썽을 부렸고, 친구들에게 빌려주면 꼭 무언가가 고장 나 있었다. 집사람은 말했다.

"2주마다 가도 풀만 뽑다 오니, 다른 여행은 꿈도 못 꿔요." 그 말은 사실이었다. 별장이란 소유했을 때는 대단한 자부심을 주지만, 시간이 흐르면 애물단지가 되기도 한다. 소유는 우리에게 처음에는 즐거움을 주지만, 곧 걱정과 부담을 안긴다.

그때마다 떠오른 것이 법정 스님의 말씀이었다. "가진 것이 많을수록 걱정도 많아진다." 별장은 처음에는 기쁨을 주었지만, 시간이 갈수록 그 기쁨은 근심으로 바뀌었다. 소유는 책임을 동반하고, 책임은 때로 자유를 앗아간다.

나는 점점 별장을 소유하는 기쁨보다, 별장을 지켜내느라 빼앗기는 자유를 더 크게 느끼게 되었다. 결국 봉평 지역에 폭우가 내려 다리들이 끊기고, 우리 집 앞 다리마저 콘크리트만 덩그러니 남아 들어갈 수 없게 되었을 때, 나는 별장을 팔았다.

그토록 아끼던 공간이라 아쉽기도 했지만, 내려놓는 순간 마음은 오히려 가벼워졌다. 지금도 먼 친척이 근처에서 별장을 운영하고 있어 가끔은 지인들이나 가족들과 무거웠던 마음을 비우고 가볍게 시간을 보내며 예전 별장 시절을 이야기하곤 한다.

봉평이 남긴 것, 무소유의 울림

별장을 떠나보낸 지금도 나는 여전히 봉평을 떠올린다. 허브나라의 향기, 메밀꽃밭의 은은한 물결, 시골 장터의 소박한 정취, 숲에서 울려 퍼지던 물소리.

그곳은 단순한 별장이 아니라, 나를 되돌아보게 하는 거울이었다. 땅을 소유하는 것은 잠시였으나, 그 안에서 겪었던 경험과 배움은 지금도 내 안에서 살아 있다.

특히 나는 별장을 통해 무소유의 진정한 의미를 알게 되었다. 무소유란 아무것도 갖지 않는 것이 아니라, 불필요한 집착을 내려놓는 것이다. 별장은 떠났지만, 그곳에서 얻은 추억과 깨달음은 여전히 내 안에 남아 있다.

여름밤 반딧불이가 날던 풍경, 겨울날 눈을 녹여 설거지를 하던 웃음, 옥수수밭에 스며 있던 흙냄새와 햇살, 단풍나무 200그루를 심으며 느낀 땀방울의 무게. 그것들은 팔 수도, 잃을 수도 없는 나만의 기억속의 자산이다.

봉평의 별장은 결국 사라졌지만, 그 별장을 통해 배운 것은 여전히 내 삶을 지탱한다. 나는 이제 무언가를 갖는 기쁨보다, 그것을 비워낼 때 오는 자유를 더 귀히 여긴다.

법정 스님의 가르침처럼, 소유는 삶을 풍요롭게도 하지만 동시에 우리를 얽매기도 한다. 결국 중요한 것은 소유가 아니라, 그 속에서 경험한 순간을 얼마나 온전히 누렸는가 하는 것이다.

나는 이제 안다. 봉평의 별장은 떠났어도, 그 안에서의 시간은 내 마음에 여전히 남아 있다는 것을. 그것은 무소유의 또 다른 이름, 마음속에 영원히 살아 있는 별장이다.

호숫가의 두 과일집 이야기

호숫가의 아침 풍경과 두 가게의 이야기

아침의 호수는 언제나 세상의 시작을 닮아 있다.

바람 한 점 없는 고요 속에서 수면 위로 햇살이 부서지고, 그 빛은 마치 수많은 작은 별이 물 위에서 반짝이는 듯하다. 물새들은 하늘을 유유히 가르고, 호숫가 산책로에는 각자의 속도로 하루를 여는 사람들이 있다.

천천히 걸으며 호흡을 가다듬는 노인들, 이어폰을 귀에 꽂고 조깅하는 청년들, 손을 맞잡고 다정히 걷는 연인들… 그들 모두가 이 평화로운 아침의 일부가 되어 있었다.

나는 호숫가 벤치에 앉아 따뜻한 카푸치노 한 잔을 들고 그 풍경을 바라본다. 그리고 언제나처럼 시선은 두 개의 과일 가게로 향한다. 두 가게는 호수 산책로 입구에 나란히 자리하고 있지만, 분위기는 하늘과 땅만큼 달랐다.

한편의 가게 이름은 '청개구리 과일가게'. 이른 아침부터 운동을 마친 사람들이 이곳 앞에 길게 줄을 선다. 손에는 노란 비닐 봉투가 들려 있고, 그 안에는 색색의 과일들이 담겨 있다.

노란 봉투는 마치 햇살처럼 빛나며, 그것을 든 사람들의 얼굴도 함께 환해진다. 그들의 발걸음은 가볍고 표정은 만족스럽다. 운동 후 자신에게 주는 작은 보상, 가족에게 전하는 건강의 선물, 그리고 오늘 하루의 기분을 환히 밝히는 등불인 것이다.

노란 봉투는 단순한 포장재가 아니라, 삶의 기쁨을 담는 상징이었다. 반면, 왼편의 가게는 '런던 촌놈 청과마켓' 가게는 더 넓고 간판도 더 화려하다. 하지만 그 앞은 언제나 적막했다. 가게 주인은 큰 목소리로 외친다.

"오늘 샤인머스켓 역대급 가격입니다! 놓치면 후회합니다!"

그 외침은 허공에 메아리칠 뿐, 사람들의 발걸음을 끌지 못한다. 그곳의 봉투는 주황빛으로 붉게 물들어 있지만 어딘가 무겁고 칙칙하다. 나는 멀리서 봉투만 봐도 어느 가게에서 산 것인지 단번에 알 수 있었다.

주황 봉투를 든 사람의 표정에는 즐거움보다는 의무감이 어른거렸다. 같은 과일을 파는데 왜 이런 차이가 생길까?

나는 커피를 홀짝이며 그 이유를 곱씹는다. 혹시 이름 때문일까? '청개구리'라는 이름은 거꾸로 행동하고 싶은 심리를 자극한다. 무언가 특별하고, 평범함을 거부하고 싶다는 마음을 담아낸 듯하다. 과일 가격도 내가 보기에는 비슷하다.

그러나 사람이 많이 모이니 좋은 것으로 서로 인지하는 것 같다. 심리적인 면도 크다. 남들이 한쪽에서 사니 다른 곳에 사는 사람은 왠지 손해보는 느낌이 들 것이다

노란색은 언제나 희망과 따뜻함을 상징한다.

세월호의 노란 리본, 집 나간 아들을 부르는 노란 손수건, 기쁨과 행복을 상징하는 노란 꽃…

이 색은 보는 사람의 마음을 환히 밝히며, 긍정적인 에너지를 전한다. 호수가 운동을 마치고 돌아가는 사람들의 발걸음은 노란 봉투로 인해 더욱 가볍고 나도 과일을 사야겠다는 무언의 홍보 메시지였나보다.

이 차이는 단순히 디자인의 문제가 아니라, 사람의 마음을 움직이는 심리적 장치였다.

장사와 삶의 공통된 비밀 — 감성의 힘

장사는 결국 사람의 마음을 움직이는 일이다.

아무리 좋은 상품도, 그 상품을 감싸는 이미지와 상징이 사람들의 감성을 자극하지 못한다면 빛을 발하기 어렵다. 청개구리 과일 가게의 노란 봉투는 단순한 비닐이 아니다. 그 안에 담긴 것은 과일이 아니라 '건강'과 '행복', 그리고 '나 자신을 위한 작은 보상'이다.

사람들은 과일을 사는 것이 아니라, 그 감정을 사는 것이다. 런던 촌놈 마켓 주인은 매일 큰 목소리로 외친다. "우리 과일이 진짜 맛있다고요! 역대급이라고요!" 하지만 세상은 더 이상 소리에 움직이지 않는다.

사람들은 이제 눈으로 본 풍경, 마음으로 느낀 기운에 따라 발길을 옮긴다.

누군가의 선택이 또 다른 누군가를 끌어당기며, 다수의 선택은 사회적 증거가 되어 힘을 발휘한다.

호수길에 노란 봉투가 늘어날수록, 그 풍경 자체가 더 많은 사람을 끌어당긴다. 마치 봄날의 노란 유채꽃밭처럼, 풍경은 또 하나의 마케팅이 된다. 이 이야기는 단순히 장사에만 해당되지 않는다.

우리의 삶과 관계, 그리고 리더십에도 그대로 적용된다. 사람들은 논리와 이성보다 감정에 반응한다.

가족을 대할 때도, 직장에서 동료를 설득할 때도, 상대의 마음을 먼저 이해하지 못한다면 아무리 큰 목소리로 옳은 이야기를 해도 그 마음은 움직이지 않는다. 나는 이 두 가게를 보며 한 가지 오래된 이야기를 떠올렸다.

어느 마을에 두 명의 목동이 있었다. 한 목동은 매일 같이 큰 소리로 양을 불렀지만, 양들은 오히려 도망쳤다. 다른 목동은 조용히 풀을 뜯게 두고, 가끔 다정히 다가가 쓰다듬어 주었다.

결국 양들은 그를 따라 자연스레 모였다. 사람의 마음도 양과 같은 것이 아닐까?. 큰 소리와 억지보다는, 다정한 손길과 따뜻한 시선이 마음을 움직인다.

런던 촌놈 마켓 주인이 외치는 목소리는 바람 속에 흩어지고, 청개구리 과일가게의 노란 봉투는 마음의 언어로 사람들을 부르고 있었다. 여기서 중요한 교훈은 '팔리는 것은 상품이 아니라 이야기'라는 사실이다.

사람들은 과일의 맛을 입으로만 평가하지 않는다. 그 과일에 얽힌 이야기, 그 과일을 사는 행위가 자신에게 어떤 의미를 주는가를 더 중요하게 여긴다.

호숫가가 주는 인생의 메시지

나는 다시 커피를 한 모금 마신다. 따뜻한 향이 입 안에 퍼지고, 호수 위의 아침 햇살이 눈부시다.

오늘도 두 가게의 풍경은 어제와 다르지 않다. 그러나 그 안에서 나는 삶의 지혜를 다시 배운다. 인생도 장사와 같다.

우리는 모두 각자의 '상품'을 가지고 세상과 거래한다. 그 상품은 나의 말투일 수도, 행동일 수도, 혹은 내가 가진 꿈과 목표일 수도 있다. 그러나 아무리 훌륭한 상품이라도, 그것을 끌어들이는 호소의 마음이 중요하고 사람들의 군중심리가 더해져서 그랬을 것이다.

집사람도 아파트 단지 내에서 다른 사람들로부터 전해 들었는지 어느날은 호숫가 과일가게 복숭아를 사오라고 부탁한다. 사와서 먹어보니 예상된 맛은 아니였다. 왜 그곳을 찾는 것일까? 막연한 사람들의 소문과 이야기의 홍보였을 것이다.

내가 전하는 메시지에 따뜻한 노란빛을 더할 때, 비로소 세상은 그 가치를 알아본다. 나는 언젠가 런던 촌놈 마켓 주인에게 다가가 조용히 말해주고 싶다. "사람들은 귀가 아니라 마음으로 듣습니다.

목소리를 높이기보다, 과일의 맛도 비교하고 가격도 더 낮추고, 그리고 마음을 움직이는 이야기를 바꿔보세요. 과일이 아니라 행복을 파는 가게가 되어보세요." 그의 가게 앞에도 언젠가 노란 꽃길이 펼쳐지길, 그리고 그 꽃길이 사람들의 마음을 환히 비추길 바란다.

호수의 물결은 잔잔하지만, 그 속에는 세상의 모든 이야기가 비친다. 아침 햇살처럼 맑은 마음으로 사람을 대할 때, 우리의 삶도 청개구리 가게의 노란 봉투처럼 빛날 것이다.

　결국, 장사도 삶도 사람의 마음을 움직이는 일이다.

　그리고 마음은 언제나 따뜻함과 진심에 이끌린다.

자연이 주는 행복의 가르침

도심 속 작은 쉼터, 텃밭의 시작

도심 한복판에서 자연을 만난다는 것은 마치 잊고 지냈던 나 자신의 본모습을 다시 발견하는 일과 같다. 성남 중앙도서관을 지나 영장산으로 이어지는 작은 길을 가다 보면, 도로와 아파트 단지가 늘어선 풍경 속에서 뜻밖의 작은 울타리들이 옹기종기 모여 있는 모습을 마주하게 된다.

그곳은 마치 시골 마을의 한 귀퉁이를 옮겨 놓은 듯한 작은 텃밭들이다.

사방에서 들려오는 자동차 소음과 사람들의 분주한 발걸음을 뒤로하고 그 경사진 길을 따라 천천히 걸어 올라가면, 어느새 마음속 깊은 곳에서 편안함이 차오른다.

길 양옆으로는 키 큰 낙엽송들이 줄지어 서 있고, 그 사이로 스며드는 햇살과 바람은 도심의 답답함을 씻어내듯 상쾌하다. 마치 자연이 나를 품에 안아 주는 듯한 따뜻함이 느껴진다.

나는 이 길을 걸으며 계절의 변화를 온몸으로 느끼곤 한다. 겨울의 고요하고 황량한 풍경, 봄의 연두빛 새싹, 여름의 생명력 넘치는 초록빛, 그리고 가을의 붉고 노란 단풍… 이 길은 계절마다 다른 얼굴을 보여준다.

사진을 찍어 기록해 두다 보면, 그 풍경은 단순한 자연이 아니라 인생의 사계절을 닮아 있음을 깨닫게 된다. 우리 인생에도 희망의 봄, 도전의 여름, 성취의 가을, 그리고 성찰의 겨울이 찾아온다.

이 텃밭의 시작은 14년 전으로 거슬러 올라간다. 고등학교 선배가 건축사업을 위해 사두었던 땅이었는데, 도시 개발이 늦춰지고 농사짓기가 어려워지자 동문들이 모여 함께 텃밭을 가꾸기 시작했다.

처음에는 여러 명이 함께 시작했으나, 세월이 흐르면서 참여가 힘든 사람들은 빠져나가고 다른 친구들이 새롭게 합류했다. 그 변화 속에서도 텃밭은 늘 그 자리를 지켰다. 내가 참여하게 되었을 때는 선배님을 포함해 세 명의 친구가 각자의 밭고랑을 맡아 함께 가꾸고 있었다.

텃밭은 단순히 채소를 키우는 곳이 아니었다. 그곳은 도시의 소음에서 벗어나 자연을 만나는 작은 쉼터이자, 몸과 마음을 다스리는 작은 도량이었다. 주말 아침마다 모여 흙을 만지고 땀을 흘리는 시간은 나를 치유하고, 잊고 있던 본연의 나를 다시 찾게 해주었다.

나는 어느덧 12년 동안 이곳에서 주말 아침마다 텃밭을 가꾸며 시간을 보냈다. 그러나 지금은 분당에서 광교로 이사를 간 뒤, 주말마다 바쁜 일정이 생기면서 자연스레 참여하지 못하게 되었고, 그렇게 몇 년이 흘렀다.

봄이 오면 상추, 열무, 토마토, 고추, 가지 등 다양한 작물을 심는다. 빈 땅이 있으면 무엇이든 욕심껏 심고 싶어진다. 처음에는 벌레도, 풀도 없어서 잘 자라는데, 시간이 지나면 자연의 질서 속에서 벌레가 생기고 풀도 무성해진다.

그럼에도 직접 가꾼 상추와 채소들의 향은 시장에서 사 먹는 것과는 비교할 수 없다. 내 손으로 키운 채소를 한입 베어 물 때의 그 싱그러움은 도시인의 피로를 단숨에 잊게 만든다.

아침 일찍 텃밭에 도착하면 시원한 공기가 온몸을 감싼다. 마치 자연이 나를 맞아주는 듯한 상쾌함 속에서, 잠시 밭일을 멈추고 만들어 둔 작은 테이블에 앉아 간단한 간식을 먹으며 담소를 나눈다.

그렇게 시간을 보내다 보면 한 주의 피로가 눈 녹듯 사라지고, 삶에 대한 새로운 에너지가 채워진다. 텃밭에서 얻는 것은 결코 경제적 이익이 아니다. 땀 흘려 일구어 가는 과정에서 얻는 보람과 자연이 주는 선물, 그것이 진정한 수확이다.

자연의 법칙 속에서 배우는 삶의 이치

텃밭은 우리에게 끊임없이 가르침을 준다. 씨앗을 뿌리고, 물을 주고, 잡초를 뽑으며 우리는 자연의 이치를 몸으로 배운다. 농약을 치지 않고 자연 그대로 키운 채소들은 완벽하지 않다.

때로는 벌레가 먹고, 잎이 상하기도 한다. 하지만 그 모습을 지켜보는 것만으로도 묘한 뿌듯함이 밀려온다. 완벽하지 않기에 오히려 그 생명력이 더욱 빛나 보인다.

봄이 오기 전, 땅은 아직 얼어 있어도 퇴비를 신청하고 미리 받아 운반하여야만 했다. 하지만 퇴비가 도착하면, 우리는 무거운 퇴비 포대를 바퀴가 하나 달린 운반 도구에 실어 언덕 위 텃밭까지 옮긴다. 그 양이 많을 때는 100포가 넘기도 한다.

동기들과 함께 힘을 합쳐 끌고 밀며 오르다 보면 숨이 차고 온몸에 땀이 흐른다. 하지만 그렇게 함께 땀 흘린 후에 마주한 밭은 더없이 소중하고, 그곳에서 자라는 작물들은 단순한 식물이 아니라 우리의 노력과 정성이 담긴 결과물이다.

텃밭에서 가장 중요한 요소 중 하나는 물이다. 아래쪽 도로변에는 작은 도랑이 있어 그 물을 사용하기도 하지만, 양이 충분하지 않을 때가 많다. 그래서 선배님은 좁은 우물을 깊이 파고 삼각형 지지대를 세운 뒤 도르래를 설치해 두레박으로 물을 퍼 올린다.

여름 한낮, 그 우물가에서 물을 퍼 올리고 작물에 조리로 물을 줄 때면, 땀과 물방울이 뒤섞여 흐르며 농사의 진짜 가치를 느끼게 된다. 특히 오이는 물을 많이 필요로 하는 작물이다. 하루라도 물을 게을리하면 금세 시들고 잘 자라지 않는다.

그래서 물을 주는 일은 가장 중요한 일과 중 하나다. 우리는 각자 자기 고랑을 맡고 있지만 일손이 남으면 많은 고랑을 하고 계신 선배 일을 도와주고 같이 한다

텃밭에서는 자연의 먹거리를 직접 채취하는 즐거움도 있다. 봄이 되면 밭 가장자리에서 곰취나물과 두릅을 딴다. 곰취는 곰이 겨울잠에서 깨어난 뒤 가장 먼저 먹는다고 해서 붙여진 이름이다.

그만큼 몸에 좋은 봄나물이다. 쌉쌀한 맛 속에 담긴 깊은 향은 그야말로 보약과도 같다. 자연은 결코 거짓말을 하지 않는다. 우리가 노력한 만큼 작물은 자라지만, 잡초는 우리 노력을 비웃기라도 하듯 아무리 뽑아도 끊임없이 돋아난다.

잠시 방심하면 풀에게 밭을 빼앗기고 만다. 그 속에서 우리는 삶의 진리를 깨닫는다.

"세상의 모든 일은 잡초와의 싸움과 같다. 게으름은 순식간에 우리의 삶을 덮어버린다."

고라니와의 전쟁도 텃밭의 일상이다. 밤이 되면 고라니가 텃밭으로 들어와 막 자란 묘종의 새싹을 먹어치우곤 한다. 그래서 울타리를 튼튼히 치는 것은 내 밭을 지키기 위해서이기도 하지만, 고라니로부터 작물을 보호하기 위함이다.

어느 날 이른 새벽, 고라니와 마주친 적이 있다. 놀란 고라니는 순간적으로 믿기 힘든 힘을 발휘해 높은 울타리를 훌쩍 뛰어넘어 달아났다. 그 장면을 보면 위기의 순간에 인간도, 동물도 기적 같은 힘을 발휘한다는 것을. 그것은 텃밭이 주는 또 하나의 교훈이었다.

계절은 어김없이 흐른다. 봄의 파릇한 새싹이 어느새 여름의 짙은 녹음으로 변하고, 가을에는 붉고 노란 색으로 물든다. 겨울에는 모든 것이 얼어붙지만, 그 속에서도 땅은 다음 계절을 준비한다.

텃밭에서 계절의 흐름을 가까이 지켜보면, 우리 삶도 그와 다르지 않다는 것을 느낀다. 힘든 시기가 지나면 반드시 새로운 봄이 찾아오듯, 우리의 삶도 희망을 품고 흐른다.

텃밭이 가르쳐 준 행복과 감사

텃밭은 단순히 채소를 키우는 곳이 아니다. 그것은 자연과 인간의 대화의 장이다. 우리가 땀 흘린 만큼 작물은 자라지만, 때로는 예상치 못한 자연의 힘 앞에서 우리의 한계를 절실히 느낀다.

태풍이 몰아치면 순식간에 밭이 엉망이 되기도 하고, 갑작스러운 병충해가 작물을 앗아가기도 한다. 하지만 그 속에서 우리는 겸손을 배우고, 자연 앞에서의 인간의 작은 존재를 깨닫는다.

주말마다 텃밭에서 만나는 동문들과의 우정 또한 값진 수확이다. 함께 울타리를 고치고, 비료를 나르고, 땀을 흘리며 수확의 기쁨을 나누는 시간들은 돈으로 살 수 없는 보물 같은 기억이다.

텃밭에서 나눈 담소와 웃음은 도시의 복잡한 인간관계 속에서 지친 마음을 치유해 준다.

나는 이제 농사꾼이 다 되었다. 계절별, 시간대별로 무엇을 심고 어떻게 관리해야 하는지 자연스레 알게 되었다. 하지만 그보다 더 큰 배움은, 텃밭이 내게 가르쳐 준 삶의 태도다.

"자연은 서두르지 않는다. 그러나 모든 것은 제때 이루어진다."

이 말처럼 텃밭은 우리에게 기다림과 인내를 가르친다.

지금은 텃밭에서 손을 뗀 지 3년이 되었지만, 그곳에서 보낸 시간들은 여전히 내 마음속에 살아 있다. 상추의 향긋한 냄새, 흙냄새, 아침의 시원한 바람, 그리고 함께 웃던 동문들의 얼굴들… 그 모든 것이 내 인생의 소중한 한 페이지가 되었다.

도심 속 작은 텃밭은 내게 이렇게 말해 주었다.
"자연은 인간에게 늘 말없이 주고 있다. 우리가 그저 감사하는 마음으로 바라볼 때, 진정한 행복은 이미 그 안에 있다."

텃밭에서의 경험은 삶의 축소판과 같다. 씨앗을 뿌리고 기다리며, 잡초와 싸우고, 수확의 기쁨을 맛보는 과정은 우리의 인생 여정과 닮아 있다.

그 속에서 우리는 노력의 소중함을 배우고, 함께하는 행복을 느끼며, 자연이 주는 선물에 감사하게 된다.

텃밭은 작은 공간이지만, 그 안에 담긴 가르침은 결코 작지 않다.

그곳에서 나는 삶을 바라보는 새로운 눈을 얻었고, 그 배움은 지금도 내 마음속에서 자라나고 있다

운(運)의 의미

운(運)의 정의와 '보이지 않는 차이'

삶을 살아가다 보면, 누구나 한 번쯤은 "운(運)"이라는 단어를 곱씹는다. 성공한 사람을 바라보며 "저 사람은 운이 좋았다"고 말하거나, 자신에게 다가온 불행 앞에서 "운이 나빴다"고 탄식한다.

그러나 과연 운은 무엇일까? 단순히 하늘에서 뚝 떨어지는 선물일까, 아니면 우리가 의도적으로 불러올 수 있는 삶의 결과일까?

나는 어느 날 서점에서 우연히 집어 든 책 '보이지 않는 차이' 속에서 이 질문에 대한 새로운 답을 발견했다. 책은 성공한 사람들과 실패한 사람들을 갈라놓는 경계가 무엇인지, 그 경계가 단순한 능력이나 자본이 아닌 "보이지 않는 작은 차이"에서 비롯된다고 말한다. 그리고 그 차이는 곧 운이 작동하는 방식과 맞닿아 있었다.

사람들은 흔히 팔자와 운을 혼동한다. 팔자는 태어난 순간, 즉 생년월일시로 결정되는 타고난 조건이다. 바꿀 수 없는 것, 마치 태양과 달이 떠오르고 지는 순환처럼 인간이 손댈 수 없는 영역이다. 그러나 운은 다르다. 운은 흐름이고, 변화하는 바람이다.

좋은 흐름과 나쁜 흐름이 교차하며, 때로는 우리가 예측하지 못한 방식으로 다가온다. 그렇기에 운은 신이 내려주는 숙명이 아니라, 우리가 어떻게 맞이하느냐에 따라 달라지는 열린 가능성이다.

책 속 한 대목이 내 마음을 사로잡았다. "운(運)"이라는 한자를 해석할 때, 그것은 마치 짐이 실린 수레가 덮개를 씌운 채 지나가는 모습과 같다. 수레 안에 무엇이 있는지는 아무도 모른다.

　그것을 지나치는 사람은 두 부류로 나뉜다. 수레를 발로 차 내버리는 사람, 그리고 조심스레 그 짐을 받아내는 사람. 결국 운은 준비된 자에게만 기회로 다가온다. 책상 위를 정리하고 마음의 여백을 만들어야 운을 담을 그릇이 생긴다.

　어릴 적 방학마다 찾았던 외할아버지의 집에서도 비슷한 깨달음을 얻은 적이 있다. 할아버지는 한문책을 꺼내 글을 가르쳐주시기도 하고, 때로는 낡은 책을 펼쳐 사주팔자를 풀이해주셨다.

　나는 그저 재미있는 옛이야기처럼 들었지만, 그 속에는 중요한 교훈이 있었다. 사람의 길은 정해져 있는 듯 보여도, 결국 어떤 선택을 하고 어떤 준비를 하느냐에 따라 다른 길이 열린다는 것이다. 팔자는 주어진 것이지만, 운은 스스로 맞이하는 것이다.

운이 작동하는 방식과 사람들의 사례

　운은 묘하다. 간절히 바랄 때는 오지 않고, 방심하거나 거의 포기했을 때 불현듯 찾아온다. 그러나 그 안에도 일정한 원리가 있다. 운은 여유 있는 마음, 넓은 안목, 그리고 사람과 더불어 사는 태도를 좋아한다.

　그래서 흔히 말하는 "운이 좋은 사람"들은 대개 사교적이고, 긍정적이며, 유쾌하다. 반대로 조급하고 불안에 쫓기는 사람들은 행운의 기회를 스스로 흘려보내기 쉽다.

　예를 들어, 일본의 경영의 신으로 불리는 마쓰시타 고노스케 회장은 스스로의 인생에서 세 가지 불운을 꼽았다. 첫째, 열한 살에 부모를 여읜 것. 둘째, 어려서부터 몸이 약했던 것. 셋째, 초등학교 4학년 중퇴로 학업을 이어가지 못한 것이다. 그러나 그는 이 세 가지 불운을 모두 "세 가지 행운"이라고 말했다.

조실부모의 경험은 남을 탓하기보다 스스로를 단련하게 만들었고, 건강의 한계는 그를 겸손하게 하여 오히려 장수를 누리게 했으며, 학업의 부족은 평생 배우고자 하는 겸허한 자세로 이어졌다는 것이다.

그의 이야기는 우리에게 강한 메시지를 던진다. 행운은 사건 자체가 아니라, 그것을 어떻게 해석하느냐에 달려 있다. 똑같은 경험이 어떤 이에게는 불운의 낙인이 되지만, 또 다른 이에게는 행운의 씨앗이 된다. 좋은 해석 앞에서는 악운조차 꼬리를 내리고 만다.

또한, 행운은 종종 열정과 고통의 이중주 속에서 나타난다. '열정(passion)'이라는 단어의 어원이 라틴어 'passus(고통)'에서 비롯되었듯, 진정한 열정은 반드시 고통을 동반한다.

열정이 시작되는 순간, 고통도 필연적으로 따라 붙는다는 지혜가 동전의 앞뒤처럼 담겨져 있다. 그러나 그 고통 속에서 물러서지 않고 계속 달리는 사람에게만 운은 길을 열어준다. 성공한 이들이 한결같이 말하는 것은 "나는 끝까지 버텼다"는 것이다. 운은 끝까지 남아 있는 자에게 손을 내민다.

나는 이런 사례들을 보며 깨닫는다. 운이 좋은 사람들은 특별한 능력을 가진 이들이 아니라, 작은 기회를 놓치지 않고 붙잡는 사람들이다. 그들에게는 여유가 있고, 남들이 지나치는 평범한 순간 속에서도 의미를 찾아내는 안목이 있다. 결국 운은 하늘이 주는 것이 아니라, 사람이 스스로 불러오는 것이다.

운에서 얻는 교훈과 우리의 태도

돌이켜보면, 내 삶에도 수많은 작은 운들이 스쳐갔다. 어떤 것은 붙잡았고, 어떤 것은 놓쳤다. 놓친 것들은 아쉬움으로 남았지만, 붙잡은 것들은 나를 지금의 자리까지 이끌어왔다.

중요한 것은 운을 불러들이는 태도였다. 불확실성을 두려워하지 않고, 낯선 경험을 마다하지 않으며, 남들과 함께 어울리는 순간에 운은 찾아왔다.

운이 좋은 사람들의 공통점은 두 가지다. 하나는 여유, 다른 하나는 안목이다. 여유 있는 사람은 성급하지 않고, 순간을 음미한다. 그러다 보니 지나가는 작은 행운도 놓치지 않는다.

안목 있는 사람은 평범한 돌멩이 속에서도 보석을 발견한다. 세상에 주어진 행운은 누구에게나 비슷하지만, 그것을 알아보고 붙잡는 능력이 차이를 만든다.

운에 관한 마지막 교훈은 이것이다. 행운은 나누어야 커진다. 혼자 움켜쥐려 하면 쉽게 사라지지만, 누군가와 나누면 배가 된다. 봉사활동에서, 혹은 친구와의 우정 속에서, 작은 나눔이 더 큰 행운으로 돌아왔다. 행운은 닫힌 손이 아니라 열린 손을 좋아한다.

삶은 끊임없는 선택의 연속이다. 어느 길로 갈까, 어떤 결정을 내릴까, 늘 갈림길 앞에 선다. 그때마다 우리는 지식과 경험을 동원해 최선의 판단을 내리려 하지만, 결국 우리의 선택에는 늘 운이 깃들어 있다.

그러나 그것은 두려움의 대상이 아니라 희망의 씨앗이다. 운은 우리 삶의 여백을 채우는 보이지 않는 손이자, 열정과 겸손, 그리고 나눔 속에서 자라나는 또 하나의 열매다.

　행운은 기회가 있을 것이라 믿으며 여유 있게 둘러볼 줄 아는 사람에게 찾아간다. 행운은 조급한 사람을 피하는 경향이 있는 것 같다.

　행운의 여신은 노력하다가 방심하는 순간을 노려 찾아온다. 머리가 텅 빈 상태일 때 한 방울의 영감이 떨어진다. 이른바 방심의 행운이다

3장

변화의 물결 위에 서서

시대의 흐름을 읽고, 새로운 길을 만드는 용기
세상이 변해도 변하지 않는 것은 사람의 마음.
연결, 공감, 비움, 작은 변화가 큰 내일을 만든다.

변화의 물결위에 서서

흐름 속에서 길을 찾는 마음

세상은 언제나 움직인다. 변화는 멀리 있는 미래의 일이 아니라, 지금 우리의 일상 속에서 끊임없이 시작되고 있다. 그것은 예고 없이 다가와 삶의 방향을 바꾸고, 때로는 혼란을 남기기도 하지만 결국 우리를 성장시킨다.

역사를 돌아보면 인류의 모든 발전과 혁신은 이러한 움직임의 결과였다. 중요한 것은 변화의 속도가 아니라, 그 흐름을 받아들이는 우리의 태도다. 세상은 변하지만 사람의 마음은 여전히 관계 속에서 살아 있고, 서로를 향한 온기가 이어질 때 변화는 비로소 의미를 갖는다.

오늘의 시대는 혼자의 힘보다 함께하는 관계의 힘이 더 큰 가치를 지닌다. 과거에는 개인의 노력으로도 많은 것을 이룰 수 있었지만, 지금의 세상은 서로의 연결 위에서 움직인다. 기술과 정보가 빠르게 진화할수록 사람 사이의 신뢰와 공감이 더 중요해진다.

우리는 혼자서는 결코 완성될 수 없는 존재다. 한 사람의 생각이 다른 사람의 손을 거쳐 현실이 되고, 그 마음이 모여 세상의 변화를 만든다. 결국 관계는 미래를 여는 문이며, 협력은 그 문을 여는 열쇠다.

나는 늘 새로운 것보다 '지속되는 것'에 주목해 왔다. 변화를 이끄는 힘은 화려한 혁신이나 거대한 기술이 아니라, 사람의 마음을 이해하고 공감하는 능력에서 비롯된다.

세월이 흘러도 변하지 않는 것은 진심이다. 사람의 감정을 움직이는 이야기는 언제나 시대를 넘어 존재한다. 변화의 중심에는 언제나 '사람'이 있고, 그 마음이 변화를 완성한다.

지금 우리가 마주한 변화의 가장 큰 물결은 사회의 구조적 전환이다. 인구의 흐름이 달라지고, 세대의 균형이 흔들리며, 삶의 방식이 새로워지고 있다. 젊은 세대가 줄고, 나이 든 세대가 늘어나는 현실은 더 이상 숫자의 문제가 아니다.

그것은 삶의 질서가 새롭게 재편되는 과정이며, 우리 사회가 성숙으로 나아가는 징표이기도 하다. 나이 듦은 쇠퇴가 아니라 완성의 또 다른 이름이다. 오랜 세월을 통해 쌓인 경험과 지혜는 사회의 자산이며, 세대 간의 협력은 새로운 활력을 만든다.

복지와 기술, 문화가 어우러질 때 비로소 사람을 중심에 둔 포용의 사회가 만들어진다. 변화의 시대를 선도하는 것은 젊음이 아니라, 함께 어울려 나이 드는 삶의 품격이다.

변화의 중심에는 언제나 몸과 마음의 건강이 자리한다. 건강은 유전보다 습관의 문제이며, 운명보다 태도의 문제다. 하루의 선택이 쌓여 내일의 삶을 만든다. 우리는 종종 큰 결심을 이야기하지만, 진짜 변화는 작은 실천 속에서 일어난다. 몸을 돌보는 일은 자신을 존중하는 일이고, 마음을 나누는 일은 타인을 이해하는 일이다. 그렇게 마음이 건강해질 때 비로소 세상도 따뜻해진다.

삶을 정리한다는 것은 단순히 물건을 치우는 일이 아니다. 그것은 마음의 구조를 새롭게 디자인하는 과정이다. 불필요한 것을 덜어내면 본질이 드러난다. 서랍 하나를 정리하면서 생각이 정리되고, 낡은 물건을 떠나보내며 새로운 여백이 생긴다.

삶의 균형은 바로 그 비움 속에서 자란다. 우리가 너무 많은 것을 움켜쥐려 할 때 오히려 중요한 것을 놓친다. 단순함은 결핍이 아니라 자유의 다른 이름이다.

커피 한 잔의 향기 속에서도 그 교훈은 이어졌다. 한 잔의 커피는 단순한 음료가 아니라 사람과 사람을 잇는 따뜻한 매개체였다. 혼자 마시는 커피 한잔에서도 나를 돌아보게 한다 세상은 거창한 말보다, 그런 소박한 온기로 이어진다.

변화는 때로 우리를 낯설게 하지만, 그 낯섦 속에서 새로운 길이 열린다. 두려움은 자연스러운 감정이지만, 그 감정조차 받아들이는 순간 변화는 더 이상 벽이 아니라 문이 된다. 세상이 빠르게 변할수록 우리는 더 천천히 생각하고, 더 깊이 바라봐야 한다.

기술이 세상을 바꿀지라도, 사람의 마음이 그것을 따뜻하게 만든다. 우리가 지금 내딛는 한 걸음, 누군가에게 건네는 한마디, 그 작은 움직임이 결국 더 나은 내일을 만든다.

나는 이렇게 믿는다. 변화란 거대한 혁신의 선언이 아니라, 일상 속에서 삶을 새롭게 바라보는 태도이다. 그것은 익숙한 것들을 다시 보고, 평범한 하루 속에서 새로운 의미를 발견하는 일이다.

세상이 아무리 빠르게 변해도, 마음을 잇는 일은 여전히 인간만이 할 수 있는 가장 아름다운 창조다. 결국 우리가 지켜야 할 것은 변화를 두려워하지 않는 용기, 그리고 사람을 향한 따뜻한 시선이다.

《함께 살아가는 세상, 그 모든 순간들》의 세 번째 장은 바로 그이야기를 전한다. 세상은 끊임없이 변하지만, 인간의 진심만은 변하지 않는다.

흐름 속에서도 길을 잃지 않고, 서로의 마음을 잇는 삶. 그것이시대의 도전 앞에서 우리가 지켜야 할 가장 인간적인 가치이며, 내삶이 증명해 온 한 가지 믿음이다.

나만의 인생찾기 카카오뮤직

이름처럼 불려지는 기억들, 그리고 시작의 순간

2014년 4월 30일, 나는 카카오 뮤직에 첫 곡을 올렸다. 언뜻 보면 사소한 일이었다. 단순히 음악을 한 곡 올린 것일 뿐이었다. 그러나 나에게 그날은 작은 기념비와도 같았다.

그날의 클릭 한 번은, 내 인생의 길 위에 또 하나의 이정표를 세우는 일이었다. 인생은 수많은 변곡점으로 이어진다.

입학과 졸업, 첫사랑과 이별, 웃음과 눈물이 교차하는 그 수많은 순간들이 우리의 삶을 이루어간다. 그렇게 흘러가는 시간 속에서 우리는 기억을 붙잡고 살아간다.

"삶이란, 끊임없이 잊혀가는 기억을 다시 불러내는 과정이다."

때로는 한 장의 오래된 사진이, 때로는 친구의 짧은 안부가, 또 어떤 날은 음악 한 곡이 잊고 있던 기억을 우리 앞에 소환한다. 나에게 그 매개체는 음악이었다.

음악은 단순히 귀로 듣는 소리가 아니라, 과거와 현재, 그리고 사람과 사람을 이어주는 다리였다.

고등학교 시절의 어느 날, 역사 선생님이 칠판을 두드리며 내 이름을 불렀다.

"박희면? 이름 참 재미있네. 총알이 박히면 어떻게 되는 거지?"

순간 교실은 웃음바다가 되었다. 그날 이후, 나는 '총알이 박히면'이라는 별명으로 불렸다. 처음에는 당황스럽고 부끄러웠지만, 시간이 지나며 그 별명은 나의 소중한 추억이 되었다.

지금도 오랜 친구들은 멀리서부터 "오, 바키면!" 하고 소리친다. 이름은 단순한 호칭이 아니라 기억의 저장소다. 누군가가 이름을 불러주는 그 순간, 웃음과 울음, 함께 보낸 시간이 한꺼번에 되살아난다.

그래서 나는 내 이름을 소개할 때 이렇게 말하곤 한다.

"박히면(Target), 바뀌면(Change), 밝히면(Bright)."

사람들은 그 말에 웃고, 나는 그 웃음 속에서 나의 삶을 다시 확인한다. 이름과 기억은 그렇게 우리를 이어주는 보이지 않는 선율이다.

그런 맥락에서 카카오 뮤직에 첫 선곡을 올린 날은 단순한 시작이 아니었다. 그것은 나 자신에게 건네는 선언이었다. "나는 여전히 살아 있고, 변함없이 여기 있다."라는 작지만 강한 메시지였다.

음악으로 이어진 사람들, 작은 선율의 기적

빅터 프랭클은 『죽음의 수용소에서』에서 이렇게 말했다.

"삶의 의미는 스스로 찾는 것이 아니라, 우리가 삶에게 어떤 의미를 부여하느냐에 달려 있다."

나는 이 말을 마음 깊이 새긴다. 카카오 뮤직을 시작한 이유도 바로 그 의미 때문이다. 사람은 시간이 지나면 멀어진다. 함께 웃던 친구도, 밥을 함께 먹던 지인도, 명함을 주고받던 동료도 어느새 연락이 끊기고 만다.

문자 한 통 보내는 일조차 어색해지고, 안부를 묻는 것이 주저하게 되며, 결국 서로의 기억 속에서 희미해져 간다. 나는 그 희미해짐이 두려웠다. 그래서 매일 아침 7시, 음악 한 곡과 짧은 글을 올리기로 스스로와 약속했다.

그것은 단순한 선곡이 아니라 내가 좋아하는 리듬 중심으로, 나를 잊지 말라는 작은 신호였고, 여전히 무탈하게 살아 있음을 알리는 하루의 인사였다.

12년이 넘는 시간 동안 그 약속은 가볍게 여겨지지 않았고 매일 올리려 노력한다. 내가 음악을 올리지 못한 날이면, 곧장 전화나 문자가 왔다.

"무슨 일 있으세요? 건강은 괜찮으신가요?"

걱정스러운 후배의 목소리 속에서 나는 내가 누군가의 하루에 작은 영향을 미치고 있음을 느꼈다. 명절이면 꼭 선물을 보내오는 지인도 있었고, 어떤 이들은 "좋은 음악 잘 듣고 있습니다. 감사합니다."라는 짧은 메시지로도 마음을 전했다.

특히 기억에 남는 한 사람이 있다. 오랫동안 우울증에 시달리던 지인이었다. 그는 내 카카오 뮤직을 찾아와 선곡을 들으며 마음의 위로를 얻었다며 감사 인사를 전했다.

"당신의 음악이 아니었다면, 나는 오늘을 버티기 어려웠을지도 모릅니다."

그 말을 들었을 때 나는 깨달았다. 내가 매일 올리는 한 곡이 누군가에게는 하루를 살아낼 힘이 될 수 있다는 사실을. 그 작은 선율은 단순히 소리가 아니라 누군가의 마음을 살리는 불씨였다. 그 깨달음은 나를 음악의 길로 더욱 깊이 이끌었다.

카카오 뮤직을 다녀간 사람은 어느덧 14만 명을 넘어섰다. 나는 그들의 이름을 모른다. 그러나 음악이라는 보이지 않는 끈으로 우리는 연결되어 있다.

음악은 낯선 사람과 오랜 지인을 한 자리에 모으고, 서로의 삶에 작은 떨림을 전한다. 이것이야말로 음악의 기적이다.

나 자신에게 보내는 선물, 그리고 함께 살아간다는 것

음악은 타인을 위한 것이었지만, 동시에 나 자신을 위한 선물이기도 했다. 차를 몰고 갈 때, 호수 공원을 거닐 때, 책장을 넘길 때, 음악은 늘 내 곁에 있었다.

리듬이 가슴을 스쳐 지나가며 스며드는 그 순간, 정신은 맑아지고 마음은 용기를 얻었다.

나는 작곡가의 이름을 굳이 외우지 않는다. 가수의 이력을 기억하려 하지도 않는다. 중요한 것은 음악이 내 삶을 비추는 빛 그 자체라는 사실이다.

그리고 수 많은 음악을 아무것이나 선택된 것이 아니다. 노래의 의미와 듣기 편하고 매력적인 목소리와 리듬으로 좋아하는 음악을 선정한 것이다.

아마 내가 올리는 음악을 좋아하는 사람은 나와 비슷한 정서의 사람들이 아닐까 생각하며 선정하는 곡에도 신경을 많이 쓰고 있다

나는 명함 위에 이렇게 적었다.

"카카오 뮤직 _ 매일 음악과 함께 인사드립니다."

어느덧 3천 곡이 넘는 선곡이 쌓였다. 2014년 그 첫날로부터 12년이 지난 지금, 음악은 단순한 습관을 넘어 나의 삶의 의지이자 타인과 연결되는 다리가 되었다.

살아간다는 것은 결국 함께 한다는 것이다. 그것은 거창한 것이 아니다. 음악 한 곡을 나누고, 안부를 묻고, 서로의 삶이 여전히 이어져 있음을 확인하는 일이다. 카카오 뮤직을 시작한 이유도 바로 그것이었다.

사람은 누구나 외롭다. 그러나 그 외로움 속에서 누군가가 내 곁에 있다는 것을 알게 될 때, 우리는 살아갈 힘을 얻는다.

"한 사람이 건넨 작은 음표 하나가 누군가의 인생을 바꿀 수 있다."

세상은 빠르게 변한다. 사람은 쉽게 잊히고, 기억은 사라진다. 그러나 음악은 우리를 이어주는 마지막 선율이 된다. 작은 음표들이 모여 거대한 교향곡을 이루듯, 우리의 삶도 수많은 인연들이 모여 하나의 아름다운 화음을 만든다.

나는 오늘도 아침 7시, 음악 한 곡을 고른다. 그것은 내 삶의 작은 의식이며, 나를 기억해주는 이들과 맺는 소중한 약속이다. 이 작은 약속 속에서 나는 살아가고 있음을 확인하고, 내일을 향한 희망을 다시 품는다.

그간 음악과 함께한 습관에 감사하고 또 계속해야 한다고 생각한다. 나를 알고 나를 기억해 주는 사람이 있는 한 말이다.

그리고 나는 안다. 함께 한다는 것, 그것만으로도 얼마나 고맙고 감사한 일인지. 음악처럼, 우리의 삶도 서로를 이어주는 선율이 되어야 한다. 작은 인연들이 모여 거대한 화음을 이루는 그날까지, 나는 오늘도 음악을 통해 세상과 이어져 간다.

"삶은 거대한 음악회다. 우리의 하루하루는 그 안에 새겨지는 음표다."

내가 남기는 선율이 누군가의 마음을 울릴 수 있다면, 그 자체로 내 삶은 완성된 교향곡일 것이다.

커피향기, 함께 나눈 이야기

악마처럼 검고, 사랑처럼 달콤한 ― 커피의 탄생과 세계의 언어

프랑스 속담은 커피를 "악마처럼 검고, 지옥처럼 뜨겁고, 천사처럼 순수하며, 사랑처럼 달콤하다"라고 정의한다. 이 짧은 문장 안에는 커피가 가진 모순과 매력이 모두 담겨 있다. 인간의 삶처럼 쓰디쓰면서도 달콤하고, 뜨겁게 타오르면서도 순수한 향기를 품고 있다는 뜻이다.

볼테르는 "커피 없이는 혁명도 없다"고 했고, 나폴레옹은 유배 중에도 커피를 찾았다. 그는 커피를 "지적 활동을 촉진하는 음료"라고 칭하며, 마지막 순간까지 그 향기를 놓지 않았다.

음악가 바흐는 커피를 사랑하여 '커피 칸타타'를 작곡했고, 당시 독일의 커피하우스에서 직접 연주하며 대중에게 커피의 낭만을 선사했다. 커피는 단순한 음료가 아니라 예술과 혁명, 철학과 문화를 움직인 동력이었던 것이다.

에티오피아의 고원에서 칼디라는 목동이 붉은 열매를 발견해 염소들이 춤추듯 뛰어놀던 이야기는 이제 전설이 되었다. 이 작은 열매가 아라비아 반도를 거쳐 유럽으로, 그리고 세계로 퍼져나갔다.

터키의 이스탄불 커피하우스에서는 오스만 제국의 지식인들이 모여 정치와 철학을 논했고, 프랑스의 카페 프로코프에서는 계몽 사상가들이 혁명의 불씨를 키웠다. 이탈리아의 에스프레소 바는 빠른 리듬으로 살아가는 도시민의 삶을 담아냈다.

그리고 한국에 도착한 커피는 개화기의 낯선 음료에서 오늘날 일상과 문화의 상징으로 성장했다. 19세기 말 고종 황제가 러시아 공관에서 커피를 처음 접했다는 이야기는 유명하다.

당시 커피는 귀족과 지식인의 전유물이었지만, 시간이 지나며 다방 문화와 함께 대중 속으로 흘러 들어왔다.

해방 이후에는 '다방 커피'라는 독특한 양식으로 변모해, 연탄 불 위에 주전자 올려 끓여내던 달달한 프림 커피가 서민의 추억을 채웠다. 커피는 한국의 역사와 사회를 비추는 또 하나의 거울이었던 셈이다.

커피의 세계는 원두의 종류만큼이나 다양하다. 에티오피아 예가체프의 꽃향기, 자메이카 블루마운틴의 은은한 단맛, 콜롬비아 수프리모의 부드러운 밸런스, 케냐 AA 프리미엄 커피는 산뜻한 산미, 인도네시아 만델링의 깊고 흙내음 나는 풍미.

이들은 단순히 '맛의 차이'가 아니라 각 지역의 토양, 기후, 문화가 빚어낸 예술이다. 원두를 음미하는 일은 결국 세계의 삶과 이야기를 마시는 일이다.

한국의 커피 문화 — 한 잔에 담긴 시대와 공간

한국의 커피 문화는 독특하게 진화해왔다. '커피=다방'이던 시절에서 이제는 '커피=문화 공간'으로 자리매김한 것이다.

남양주 북한 강변에 자리한 '왈츠와 닥터만'은 그 상징적인 사례다. 홍대 앞에서 시작한 이 커피점은, 이름에서부터 하나의 스토리를 담고 있다. '왈츠(Waltz)'라는 일본 커피 회사와 설립자의 이름

끝 음절 '만'을 합쳐 '왈츠와 닥터만'이 된 것이다.

단순한 카페를 넘어 커피 박물관을 운영하며, 1,500여 점의 커피 도구를 수집해 전시하고 있다. 방문객은 전 세계의 커피잔과 도구를 직접 눈으로 보고, 손으로 만지며, 원두의 향기를 체험한다. 커피는 여기서 단순한 기호품을 넘어선 문화와 사상의 교류 공간이 된다.

예술가와 지식인, 그리고 커피 매니아들이 모여 세미나를 열고, 해외 유명 카페를 탐방하는 프로그램을 만들어가며, 한 잔의 커피가 세계와 사람을 연결하는 다리가 된다.

서울의 카페 거리, 홍대와 연남동, 성수동과 한남동, 강릉의 커피 공간들은 이미 '문화지형학'의 일부가 되었다. 요즘은 고속도로 휴게실을 들러 가면 편의점에서 강릉 커피를 많이 사는 편이다.

다른 것과 맛이 다르다. 커피는 그곳에서 음악, 디자인, 패션, 책과 결합하며 도시인의 라이프스타일을 정의하고 있다. 반면, 지방 도시의 작은 카페들은 지역 특산품과 어우러지며 새로운 문화를 만든다.

제주도의 돌담길 카페에서 마시는 라테는 섬의 바람과 파도의 소리를 담고, 강릉 안목해변의 카페 거리는 바다와 커피 향이 어우러져 또 하나의 관광지가 되었다.

그리고 한국의 커피 브랜드들은 세계적인 흐름 속에서 자신들만의 전략을 세워갔다. 스타벅스 코리아는 '다점포 전략'을 통해 도시의 상징이 되었고, 스타벅스 1호점이 있는 시애틀은 음악이 있는 감성의 도시라 커피의 향이 더하여 더 상징적인 것 같다.

나는 지방 도시의 환경디자인 자문회의를 가면 그 지역의 고유성, 정체성 얘기들이 많이 나온다. 그 지역의 고유한 컨셉을 논하는 자리다. 지역 고유의 특성을 찾는 것은 쉽지 않다. 그 때 마다 영화가 있고, 음악이 있고, 커피가 있는 감성 도시 시애틀을 예로 들기도 한다.

이디야는 저렴하지만 안정적인 품질로 전국 골목마다 스며들었다. 투썸플레이스, 할리스, 빽다방은 각기 다른 정체성을 갖고 고객의 선택을 기다린다.

심지어 '스타벅스 라테 지수'는 각국 통화의 구매력을 평가하는 경제 지표가 될 정도로 세계적 상징이 되었고, 한국 역시 그 흐름 속에서 감성적 소비 문화를 만들어가고 있다.

커피는 건강과도 맞닿아 있다. 카페인의 각성 효과는 집중력을 높여 창의적 사고를 돕는다. 그래서 학생이나 직장인이 새벽까지 불을 밝히며 마시는 커피는 '노동의 연료'이기도 하다. 그러나 과도한 섭취는 불면과 불안을 부르기도 한다.

최근 연구에 따르면 적당한 커피는 심혈관 건강을 돕고, 항산화 효과를 발휘한다고 한다. 중요한 것은 절제와 균형 속에서 즐기는 태도다. 커피는 몸을 해치는 독이 아니라, 삶을 풍요롭게 하는 향신료가 될 수 있다.

커피가 빚어내는 삶의 교훈 ─ 함께하는 시간, 멈추지 않는 이야기

마네의 '카페에서', 르누아르의 '카페의 여인', 반 고흐의 '밤의 카페 테라스'는 모두 커피와 어울린 예술적 장면이다. 그 속에서 커피는 단순한 배경이 아니라 인간의 관계와 감정을 드러내는 장치였다.

화가들의 그림 속에서, 사람들은 커피를 마시며 사랑을 나누고, 외로움을 달래고, 사색에 잠긴다. 그 모습은 오늘날 카페에 앉아 있는 우리들의 모습과 다르지 않다.

커피는 늘 사람과 연결되어 왔다. 피곤한 몸을 깨우는 아침의 한 잔, 사랑하는 이와 나누는 따뜻한 대화의 매개, 홀로 앉아 사색하는 시간의 동반자. 커피는 일상의 한 부분을 넘어, 삶의 리듬을 함께 짓는다.

세계적 기업가와 예술가들이 커피에서 영감을 얻었다는 사실은 우리에게도 하나의 교훈을 남긴다. 작은 습관이 삶을 바꾸는 힘을 가진다는 것이다. 매일의 커피 한 잔은 그저 카페인을 섭취하는 일이 아니라, 자기 자신을 돌보고 세상과 이어지는 의식이 된다. 커피는 열정과 창조성, 나눔과 교류를 상징한다.

한국의 커피점들은 이제 단순한 상업 공간이 아니다. 그곳은 세대가 모이고, 문화가 쌓이며, 기억이 켜켜이 쌓이는 현대의 '공공 광장'이다. 예전 다방의 향수는 사라졌지만, 오늘날 카페는 또 다른 의미로 사람들을 이어주고 있다.

커피는 내일 아침에도 우리를 찾아올 것이다. 누군가는 출근길에 서둘러 들고 갈 것이고, 누군가는 오랜 친구와 마주 앉아 나눌 것이다. 또 누군가는 홀로 책을 읽으며 한 모금을 천천히 음미할 것이다. 그것이 바로 커피가 우리에게 주는 감동이다. 악마처럼 검고, 천사처럼 순수하며, 사랑처럼 달콤한, 결국 커피는, 우리의 삶 그 자체이기 때문이다.

관계의 시대, 연결의 힘

한 권의 책이 준 울림 – 매개의 본질을 깨닫다

인생에는 우리의 시선과 사고를 근본적으로 바꾸는 강렬한 만남이 있다. 그것은 한 사람일 수도 있고, 한 문장일 수도 있으며, 때로는 우연히 만난 한 권의 책이 될 수도 있다. 몇 해 전, 나는 교보문고를 거닐다가 한 권의 책과 운명처럼 마주쳤다.

책 제목은 단순하지만 강렬했다. 『매개하라(Go-Between)』. '매개한다'는 말은 낯설지 않았지만, 영어로 표기된 "Go-Between"이라는 단어가 유난히 마음속 깊이 울렸다. 그것은 단순히 두 존재 사이에 위치하는 것 이상의 느낌이었다.

책장을 펼치자마자 나는 곧장 그 책의 매력에 사로잡혔다. 몇 장을 읽기도 전에, 나는 이 책이 단순한 경영서가 아니라 우리가 살고 있는 세상의 본질을 꿰뚫는 메시지를 담고 있다는 것을 깨달았다. 밑줄을 긋고 메모를 남기며 읽어 내려가던 그 시간은 오래전 학창 시절의 열정을 떠올리게 했다.

그 후 나는 이 책을 강의와 특강 자리에서 수없이 활용하게 되었고, 인천 기업을 지원하는 기관에서 글을 요청받았을 때도 주저 없이 이 책의 핵심을 담아 주제로 정리하여 보냈다. 그만큼 지금의 시대, 그리고 다가올 미래를 이해하기 위해 반드시 짚어야 할 통찰이 그 안에 담겨 있었기 때문이다.

과거의 산업을 돌아보면 그것은 '소유의 시대'였다. 20세기 초반, 세계 경제를 지배한 이름들은 모두 생산과 소유를 기반으로 한 기업이었다. 석유의 스탠다드 오일, 철강의 카네기, 자동차의 포드, 그리고 한국의 현대·삼성·LG 같은 기업들이 대표적이다.

그 시절 가장 강력한 힘을 가진 기업은 무엇을 얼마나 많이 만들고, 얼마나 값싸게 공급하느냐에 따라 결정되었다. 마케팅의 공식도 단순했다. "만들어라, 그리고 팔아라." 좋은 제품을 싸게 대량으로 생산해 시장을 장악하는 것이 곧 성공의 길이었다.

그러나 세상은 끊임없이 변한다. 컴퓨터가 등장하고, 디지털 혁명이 일어나면서 게임의 룰은 완전히 바뀌었다. 애플, 마이크로소프트, 인텔 같은 IT 기업들이 세계 무대의 중심으로 떠올랐고, 부와 권력의 흐름이 제조업에서 기술과 소프트웨어로 이동했다.

스티브 잡스는 개인에게 컴퓨터라는 도구를 쥐어 주었고, 빌 게이츠는 운영체제로 세상을 연결했다. 이 시기부터 마케팅은 단순히 물건을 파는 것이 아니라 경험과 스토리를 파는 시대로 진화했다. 소비자는 더 이상 제품 자체만을 사지 않았다. 그 제품이 자신의 라이프스타일에 부여하는 의미, 그 경험을 구매하게 된 것이다.

매개, 존재가 아니라 관계

그리고 지금, 우리는 또 한 번의 거대한 변화를 눈앞에 두고 있다. 오늘날 알리바바, 아마존, 쿠팡, 우버, 에어비앤비와 같은 기업들은 직접 제품을 생산하지 않는다. 대신 생산자와 소비자를 연결하는 매개자로서 막대한 가치를 창출한다.

에어비앤비는 호텔 하나 소유하지 않고도 전 세계 숙박 산업을 재편했고, 우버는 자동차 한 대 소유하지 않고도 운송 산업의 거인이 되었다. 이것은 단순한 산업의 변화가 아니다. 소유의 시대가 저물고, 연결과 매개의 시대가 도래했음을 보여준다.

과거에는 무엇을 얼마나 많이 '가졌는가'가 기업의 성패를 결정했지만, 이제는 "어떻게 연결하고, 어떤 관계를 설계하느냐"가 새로운 경쟁력의 기준이 되었다. 경제학자 제러미 리프킨은 『3차 산업혁명』에서 이미 이를 예견했다.

그는 "SNS와 글로벌 네트워크가 새로운 교류의 욕구를 자극하며, 자본주의의 중심 원리였던 '소유'를 흔들 것"이라고 말했다. 그의 예언은 이제 현실이 되었다. 소유하지 말고 연결하라, 생산하지 말고 매개하라. 이것이 현재와 미래를 지배하는 시대정신이다.

『매개하라』가 던지는 핵심 메시지는 명확하다. 매개는 단순히 사이에 있는 것이 아니라, 능동적으로 움직이며 관계를 창조하는 것이다. 과거의 중개인은 단순히 거래를 돕는 조력자였지만, 오늘날의 매개자는 새로운 질서를 만드는 창조자다.

'배달의 민족'은 직접 음식을 만들지 않지만, 수많은 식당과 소비자를 연결하며 외식 산업을 완전히 재편했다. '마켓컬리' 역시 농산물을 직접 생산하지 않지만, 생산자와 소비자를 매개함으로써 신선식품 유통의 혁신을 이끌었다.

이러한 사례들은 모두 한 가지 진실을 보여준다. "매개하는 자가 새로운 권력을 쥔다." 이제 중요한 것은 무엇을 소유하느냐가 아니라, 어떤 관계를 설계하고, 그 관계를 얼마나 효과적으로 이어주느냐이다. 존재 자체보다 관계가, 소유보다 연결이 중심이 되는 시대가 도래한 것이다.

디자인, 본래의 매개적 힘

이 변화는 디자인 분야에서도 뚜렷하게 나타난다. 디자인의 본질은 언제나 매개였다. 디자이너는 생산자와 소비자, 기술과 사람, 기능과 감성 사이에서 연결의 다리를 놓아왔다.

형태와 색, 질감과 스토리를 통해 제품과 사용자의 관계를 설계하는 것이 디자인의 역할이었다. 하지만 지금의 디자인은 단순히 물건의 외형을 만드는 수준을 넘어섰다. 스마트폰 하나만 보더라도 그것은 단순한 기계가 아니라 수많은 관계와 네트워크를 담은 생태계다.

그 안에는 앱스토어, 콘텐츠, 사용자 경험 등 수많은 연결이 포함되어 있다. 즉, 디자인은 더 이상 제품을 꾸미는 행위가 아니라, 관계와 흐름을 조직하는 설계가 되었다. 디자이너는 더 이상 단순히 '만드는 사람'이 아니라, 시대와 사람을 이어주는 매개자로서의 역할을 수행한다.

다가올 미래는 AI의 시대다. 지금 우리는 인공지능이 인간의 사고를 학습하고, 창작을 하고, 심지어 의사결정을 내리는 모습을 실시간으로 목격하고 있다. AI는 단순한 도구가 아니라, 새로운 매개자로 자리 잡고 있다.

예를 들어 ChatGPT와 같은 생성형 AI는 정보와 사람을 실시간으로 연결한다. 과거에는 전문가에게 의존해야 했던 지식이 이제 누구에게나 쉽게 전달된다. AI 마케팅 플랫폼은 소비자의 행동을 실시간 분석해, 그들이 원하는 제품과 서비스를 자동으로 추천하며 매개한다.

자율주행차는 이동을 단순한 운전에서 '경험'으로 바꾸며, 사람과 공간을 연결하는 새로운 매개자가 된다. 앞으로 가장 강력한 기업은 AI 기술을 활용해 보이지 않는 연결을 설계하는 기업일 것이다.

과거에는 석유와 철강이 재벌의 반열을 결정했다면, 앞으로는 데이터와 인공지능을 매개하는 자가 새로운 왕좌를 차지하게 된다. 미래의 재벌 리스트에는 생산자가 아닌, 흐름을 설계하고 관계를 지배하는 기업들이 이름을 올리게 될 것이다.

마케팅 역시 이러한 변화에 따라 진화하고 있다. 과거의 마케팅은 4P(Product, Price, Place, Promotion) 중심으로, 기업이 제품을 중심에 놓고 소비자를 설득하는 방식이었다.

그러나 이제는 4C(Customer, Cost, Convenience, Communication)로 전환되었다. 고객의 욕구를 깊이 이해하고, 그들의 삶 속으로 자연스럽게 스며드는 마케팅이 핵심이 되었다.

예를 들어 넷플릭스는 단순히 영화를 파는 기업이 아니다. 그들은 취향을 매개한다. 추천 알고리즘을 통해 고객의 마음을 읽고, 그들이 원하는 콘텐츠를 연결시킨다.

스타벅스는 단순히 커피를 파는 기업이 아니다. 그들은 사람과 공간을 매개한다. 매장에서의 경험을 통해 '제3의 공간'이라는 새로운 라이프스타일을 제안한다.

쿠팡은 '로켓배송'이라는 서비스로 시간과 편리함을 매개한다. 고객의 삶을 더욱 풍요롭게 만드는 것이 곧 마케팅의 본질이 되었다.

세상은 너무 빠르게 변한다. 어제의 확신은 오늘의 의심이 되고, 오늘의 상식은 내일의 낯선 풍경으로 바뀐다. 그러나 변하지 않는 진리가 있다. "변화만이 유일한 불변이다." 우리가 해야 할 일은 변화의 중심에서 매개의 역할을 자처하는 것이다.

단순히 제품을 만드는 것이 아니라, 사람과 사람, 기술과 삶을 연결하는 관계의 설계자가 되어야 한다. 매개자는 흐름을 읽고, 그 안에서 새로운 가치를 창출하며, 더 많은 사람들의 가능성을 열어 준다.

매개는 단순히 중간에서 거래를 이어주는 행위가 아니라, 새로운 질서를 만드는 창조적 행동이다.

나는 스스로에게 끊임없이 질문한다. "나는 내 삶과 업(業) 속에서 어떻게 매개할 것인가?" 디자인과 교육, 그리고 사람들과의 만남 속에서 나는 답을 찾아가고 있다.

내가 만드는 것은 단순히 제품이 아니라, 사람들의 삶을 풍요롭게 연결하는 관계의 다리다. 그 다리를 통해 사람과 사람, 과거와 미래가 이어지기를 바란다.

그리고 그 과정에서 마케팅은 단순히 판매의 기술이 아니라, 사람의 마음을 이해하고 관계를 만드는 예술임을 다시금 깨닫는다.

과거의 재벌 리스트가 석유와 철강의 이름으로 채워졌다면, 오늘의 리스트는 알리바바, 아마존, 구글 같은 매개 기업들이 차지하고 있다. 그리고 내일의 리스트에는 AI와 데이터를 매개하는 기업들이 오를 것이다.

우리는 지금 그 거대한 전환의 중심에 서 있다. 이 시대를 살아가기 위해 필요한 것은 소유가 아니라 매개, 존재가 아니라 관계, 그리고 그 관계를 설계하는 지혜다.

"매개하는 자가 세상을 바꾼다." 이 진리를 마음에 새기며, 나는 오늘도 사람과 사람, 기술과 삶, 현재와 미래를 이어주는 다리를 놓는다. 그것이 내가 살아가는 이유이며, 이 시대를 헤쳐 나가는 길이다.

삶의 길이보다 깊이

떠나간 이들이 남긴 시간의 결 — 성묘 버스에서 107세의 미소까지

성묘 가던 날이면 새벽 공기도 들떠 보였다. 시작되는 인천에서 빌린 버스 한 대에 삼촌, 고모, 사촌들이 오손도손 올라앉고, 서울을 둘러 마석으로 향하는 길은 늘 소풍처럼 시작됐다.

할머니·할아버지 산소 앞에 둘러서 예배를 드리고 내려오면, 교회 앞마당에서는 보물찾기가 열렸다. 냇가에 발을 담그면 물살이 간질이고, 사촌들과 어깨동무를 하며 찍던 사진들은 아직도 마음 속 앨범에서 선명하다.

그때는 몰랐다. 한 프레임에 담긴 사람들이 언젠가 제각기 다른 시간으로 떠날 거라는 것은 사실이다.

세월이 돌아보라 손짓할 때, 가장 먼저 떠오르는 건 빈자리다. 아버지, 큰아버지, 작은아버지… 남자 형제들이 하나둘 먼저 떠나고, 여성 어른들은 상대적으로 오래 남아 집안의 기억을 지탱해 주셨다.

단 한 번의 예외는 작은어머니였다. 서독 파견 간호사로 타지에서 강인하게 살아낸 분, 귀국해서도 산부인과에서 이웃의 건강을 돌보며 누구보다 바르게 살았던 분.

모두가 "그분은 오래 사실 거야"라고 믿었지만, 의료의 실수와 운의 장난 앞에서 그 믿음은 너무도 빨리 무너졌다. 그날의 소식은 "삶은 예측이 아니라 매 순간의 돌봄"이라는 말을 가슴에 새겨 주었다.

반대로 107세까지 정갈하게 삶을 이어간 작은어머니의 아버지는 금욕과 절제, 규칙과 독서로 일상의 리듬을 지켰다. 술·담배와 거리를 둔 채, 목사님으로 오랜 생활을 하시며 기도와 묵상으로 마음의 날씨를 고르게 유지하셨다. "건강이란 아픈 곳이 없음을 넘어, 하루하루를 잘 돌보는 습관의 총합"임을 그분은 조용히 증명했다.

"삶은 길이가 아니라 깊이로 완성된다." — 랠프 왈도 에머슨

이 글은 짧은 순간이라도 얼마나 진실되고 얼마나 깊이 살아가는가가 완성되어야 한다는 것이다

어릴 적 성묘 버스의 웃음소리와 107세 노인의 고요한 미소 사이에, 우리는 같은 질문을 발견한다. 왜 어떤 생은 길고, 어떤 생은 짧은가? 그리고 내 오늘의 선택은 내일의 삶을 어떻게 바꿀 수 있는가? 그 물음이 다음 이야기를 부른다.

왜 여성이 더 오래 사는가 — 이야기, 과학, 그리고 마음의 체력

통계는 우리의 체감과 닮았다. 한국에서도, 장수 국가인 일본·프랑스·스웨덴에서도 여성의 기대수명은 남성보다 길다. 숫자는 차갑지만, 그 이유를 따라가다 보면 따뜻한 삶의 풍경이 보인다.

첫째, 사회적 습관의 차이이다

오래된 회식 문화, 위험 직종의 높은 남성 비율, 음주·흡연의 관대함은 남성의 몸에 조용한 상처를 남겼다. 산업재해·교통사고 같

은 외상성 위험도 남성에게 더 많이 몰렸다. "남자는 괜찮아"라는 말이 사실은 "참아라"는 말과 함께 남성의 몸과 마음에 과부하를 걸어 왔다.

둘째, 타고난 생물학의 완충 장치이다

여성은 면역 관련 유전자를 담은 X 염색체를 두 개 지니고, 에스트로겐이 심혈관계에 보호막을 쳐 준다. 반대로 남성의 테스토스테론은 경쟁성과 위험 추구를 높여 사고 확률을 키우기도 한다. 물론 생물학이 운명을 결정하진 않지만, 스타트 라인의 차이는 분명 있다.

셋째, 감정의 표현과 회복 탄력성이다

남성에게 '참는 법'을 가르치던 시대, 여성은 울고 웃으며 감정을 건넸다. 말하고, 토로하고, 함께 웃는 행동은 스트레스 호르몬을 낮추고 자율신경을 안정시킨다.

"마음의 체력"이 몸의 체력을 지킨 셈이다. 집안 어른들의 풍경도 그랬다. 남성 어른들은 묵묵히 짐을 지고 침묵했고, 여성 어른들은 소소한 이야기로 고단함을 덜었다.

그러나 이야기는 여기서 끝나지 않는다. 작은어머니의 사례처럼 의료의 우연성과 삶의 불확실성은 언제든 덮쳐 온다. 그래서 더더욱, 평균과 확률이 말해 주지 못하는 내 삶의 감각을 돌보는 일이 중요하다.

"우리는 우리가 반복되는 행위를 통해 덕(virtue)을 얻는다. 그러므로 덕은 우리가 반복적으로 행하는 행위의 결과이다." — 아습관은 생물학의 스타트를 보완하고, 사회의 환경을 교정하며, 마음의 탄력성을 단단하게 만든다. 그 습관은 거창하지 않다. 조금 덜 마시고, 조금 더 걷고, 조금 일찍 자고, 조금 더 말하는 것. 그렇게 쌓인 '조금'들이 수명을 늘리는 '크게'로 변한다.

100세 시대, 오래 사는 것보다 '건강하게 사는 것'

요즘은 100세 시대라고 말한다. 하지만 100세까지 살아도 골골거리며 병상에만 누워 있다면 무슨 소용이 있을까. 그래서 "9988"이라는 말이 있다. 99세까지 팔팔하게 살다가 하루 만에 세상을 떠나는 삶을 가장 이상적으로 표현한 말이다.

그러나 현실은 그렇지 않다. 많은 사람들이 70대, 80대부터 당뇨, 고혈압, 치매, 암 등 만성질환으로 고통받는다. 병원은 항상 만원이고, 약국은 늘 북적인다.

흥미로운 것은 병원을 자주 찾는 이들보다 평생 병원 문턱도 넘지 않았던 사람들이 어느 날 갑자기 큰 병으로 세상을 떠나는 경우가 많다는 것이다. 나의 가까운 친구들도 늘 건강을 자랑하며 병원은 필요 없다며 웃곤 했는데, 어느 날 갑작스럽게 암 진단을 받고 몇 개월 만에 세상을 떠났다.

그 모습을 보며 나는 건강이란 단순히 '현재 아픈 곳이 없다'는 것이 아니라, 꾸준히 관리하고 예방해야 하는 것임을 깨달았다.

의학적으로도 이러한 생각을 뒷받침하는 연구가 있다. 미국 하버드대의 한 연구에 따르면, 정기적인 건강검진을 통해 조기에 질

병을 발견한 사람들은 그렇지 않은 사람보다 평균 수명이 7년 길었다. 또한 꾸준한 운동을 하는 사람은 그렇지 않은 사람에 비해 심혈관 질환 발병률이 40% 이상 낮았다.

우리의 삶에서 건강은 하루아침에 만들어지지 않는다. 건강을 유지하기 위해서는 운동, 식습관등 여러 가지 방법이 있겠지만 중요한 것은 마음의 건강 관리가 우선인 것 같다.

명상이나 기도, 취미생활을 통해 스트레스를 해소해야 한다. 울고 웃는 감정 표현을 두려워하지 말고, 대화를 통해 서로의 마음을 나누는 힐링의 방법이 가장 중요한 것 같다.

남성과 여성의 수명 차이는 분명 존재한다. 그러나 그 차이는 단순히 운명이 아니라 우리가 선택하는 삶의 방식에서 비롯된다. 아버지와 작은아버지, 작은어머니의 삶을 돌아보며 나는 깨닫는다.

죽고 사는 것은 하늘의 뜻일지라도, 우리가 오늘 무엇을 먹고, 어떻게 움직이며, 어떤 마음으로 살아가느냐가 내일의 수명을 결정한다는 사실이다.

세월은 누구도 피할 수 없다. 그러나 그 세월을 어떻게 살아가느냐는 우리의 몫이다. 팔팔하게 살다 하루 만에 떠나는 삶을 꿈꾸며, 나는 오늘도 나 자신에게 다짐한다. 지금 이 순간, 건강을 지키고, 사랑을 나누고, 추억을 쌓으며 살아야 한다.

그러면 언젠가 그 끝이 다가왔을 때, 후회 없는 미소로 삶을 마무리할 수 있을 것이다.

어릴 적 성묘 버스에서 우리는 함께 떠났고, 묘역에서 우리는 함께 섰다. 지금 우리의 길은 갈래로 나뉘었지만, '돌보며 오래, 함께 깊게' 라는 문장으로 다시 만난다.

남자와 여자의 평균 수명 차이는 통계가 말해 주는 사실이고, 우리가 고쳐 쓸 수 없는 부분도 있다. 그러나 오늘의 작은 습관, 마음의 온도, 관계의 끈, 검진의 달력은 우리가 고쳐 쓸 수 있는 문장이다.

남아프리카공화국의 인권운동가이자, 인종차별을 끝내고 화해와 민주주의를 이끈 세계적 지도자인 넬슨 만델라는 다음과 같은 말을 남겼다.

"가장 큰 영광은 한 번도 넘어지지 않음이 아니라, 넘어질 때마다 다시 일어서는 데 있다."

누군가는 일찍 떠났고, 누군가는 오래 머문다. 그 모든 이야기가 우리의 가슴 한편에서 서로를 비춘다. 그러니 오늘을 헛되이 보내지 말자. 조금 덜 마시고 조금 더 걷자. 마음을 말하고 서로를 안부하자. 그리고 잠들기 전, 잠시 지나온 길을 뒤돌아 보는 것도 필요하다.

비움의 미학, 정리의 철학

체험관의 문을 열다 – 작은 시작, 큰 꿈

2024년 2월 1일, 삼각지 지하통로의 한 켠. 그곳은 그저 평범한 공간 중 하나였지만, 그날 이후로는 특별한 의미를 갖게 되었다. 한국정리문화체험관이 드디어 문을 연 것이다. 한국정리수납협회(KAPO)에서 오랫동안 기획되고 준비하여 온 꿈이 현실이 되는 순간이었다.

협회 관계자들을 비롯해 수많은 이들이 지인들이 기꺼이 자리를 채워주었다. 삼성전자, 일룸 등 다양한 기업들이 가구와 물품을 기증해주어 공간을 채웠다.

그리고 가구에 속속들이 채워주는 것들은 기증되어 회원들이 스스로 봉사하고 정리하여 준 것이다. 공간은 작은 거실, 안방, 주방, 아이 방 등 집의 구조를 그대로 옮겨 놓은 듯한 체험관은 크지는 않았지만, 그 안에는 깊은 의미가 담겨 있었다.

이곳에서 사람들은 단순히 '정리'를 배우는 것이 아니라, 삶을 바꾸는 작은 습관을 배우게 될 것이다.

체험관을 준비하는 과정은 쉽지 않았다. 한국정리수납협회에서 관장을 맡아달라는 제안을 주었을 때, 나는 바로 대답하지 못했다. 단순히 직책을 맡는 것이 아니라, 미래의 방향성을 함께 고민해야 한다는 책임감이 느껴졌기 때문이다.

협회의 역사를 살펴보고, 이 공간이 어떤 의미를 가져야 할지를 깊이 생각했다. 그 결과, 나는 결심했다. 이 체험관이 단순히 정리 수납법을 가르치는 곳이 아니라, 삶의 태도를 바꾸는 배움의 장이 되어야 하고 생활 속의 정리 서비스 산업으로 확장되어야 한다.

한국정리수납협회는 그간의 등록 회원 수를 보면, 결코 작은 조직이 아니다. 지금까지 교육을 통해 배출한 인원만 16만 명에 달한다. 이는 단순한 숫자가 아니다.

정리를 통해 더 나은 삶을 찾고자 노력한 사람들의 발자취이며, 협회가 걸어온 시간의 깊이를 보여주는 증거다. 그 발자취가 오늘 정리문화체험관의 문을 열게 한 원동력이었다.

"정리 수납은 생활 속에서 감동과 즐거움을 찾을 수 있는 작은 습관이다. 그리고 청소와 정리는 생활의 반성을 동반한다."
— 『보이지 않는 차이』 중에서
이 문장은 체험관의 철학을 그대로 담고 있다. 정리는 단순히 물건을 치우는 일이 아니다. 그것은 자신의 삶을 돌아보고, 마음을 정리하며, 새로운 시작을 준비하는 과정이다. 체험관은 바로 그 메시지를 전하고자 한다.

정리란 무엇인가 – 공간과 마음의 변화

사람들은 흔히 정리를 '물건을 버리고 남기는 행위'라고 생각한다. 하지만 그것은 정리의 겉모습일 뿐이다. 진정한 정리는 자신의 내면과 삶을 들여다보는 과정이다.

한 사람이 살아가는 공간에는 그 사람의 가치관과 삶의 결이 고스란히 묻어난다. 어지러운 방은 어지러운 마음을 드러내고, 정돈된 공간은 그 사람의 질서와 평온을 비춘다. 그래서 정리는 단순히 공간을 바꾸는 일이 아니라, 자신을 변화시키는 일이기도 하다.

풍수에서는 공간에도 기운이 흐른다고 말한다. 주변을 깨끗하고 정갈하게 정비하면 좋은 기운이 모이고, 그 기운이 결국 삶에도 영향을 미친다.

반대로 어지러운 공간은 나쁜 기운을 불러오며, 마음까지 혼란스럽게 만든다. 우리가 공간을 정리해야 하는 이유는 단순히 보기 좋기 위해서가 아니라, 삶의 흐름을 바로잡기 위해서다. 정리에는 중요한 원칙이 있다. 바로 '비움'이다.

넘치는 것을 버리고 꼭 필요한 것만 남기는 것은 단순해 보이지만 가장 어려운 과정이다. 물건을 비우는 행위는 곧 집착을 버리는 연습이며, 욕심을 내려놓는 수행이다. 그 과정에서 우리는 진정으로 중요한 것이 무엇인지 깨닫게 된다.

『보이지 않는 차이』의 또 다른 구절이 떠오른다.
"보이지 않는 차이가 보이는 차이를 만든다."

정리 역시 그렇다. 단순히 눈에 보이는 깨끗함을 위해 정리하는 것이 아니라, 보이지 않는 내면의 질서를 세우기 위해 정리하는 것이다. 그 보이지 않는 변화가 결국 우리의 삶과 관계, 그리고 행복의 크기를 바꾼다.

한국정리수납협회는 정리의 가치를 사회 전반에 확산시키기 위해 설립되었다. 처음에는 단순히 집안을 깔끔히 유지하기 위한 '정리 수납 기술'을 가르치는 것에서 시작했지만, 점차 그 범위와 깊이가 확장되었다.

이제 협회는 단순한 정리 수납 교육을 넘어, 삶의 질을 높이고, 환경과 사회를 변화시키는 역할을 하고자 다양한 기관이 협력 중에 있다.

협회의 교육 프로그램은 매우 체계적이다. 공간의 효율성을 높이는 실무 교육부터, 정리를 통해 심리적 안정과 가족의 화합을 돕는 감성 교육까지 폭넓게 다룬다.

이를 통해 수많은 정리수납, 2급, 1급, 강사 전문가들까지 배출되었고, 그들은 가정뿐 아니라 기업, 학교, 공공기관 등 다양한 분야에서 활동하며 정리의 가치를 확산시키고 있다.

이곳 회장의 리더십은 협회의 성장에 큰 역할을 했다. 회장은 언제나 이렇게 말한다.

"정리는 단순한 기술이 아니라, 사람의 마음을 어루만지는 일입니다. 공간을 바꾸면 마음이 바뀌고, 마음이 바뀌면 삶이 바뀝니다."

그래서 정리수납전문가를 리커플랜(Recofrien)으로 불린다. Recovery(회복)+Friend(친구)의 합성어로 "공간과 사람의 삶을 회복시키는 정리수납 전문가"라는 의미다.

이 철학이 있었기에 한국정리수납협회는 지금의 모습을 갖추게 되었다. 협회가 단순히 '정리 전문가'를 양성하는 곳이 아니라, 사람들의 행복을 디자인하는 공간이 된 이유다.

정리 수납의 세계에는 '보이지 않는 차이'가 있다. 책상 위의 물건이 단정하게 놓여 있는지, 서랍 속의 작은 물건들이 종류별로 구분되어 있는지, 벽장의 옷들이 계절과 색상에 맞게 배열되어 있는지. 이러한 작은 차이는 처음에는 대수롭지 않아 보인다.

그러나 그 작은 차이가 쌓이면, 우리의 삶은 놀랍도록 달라진다. 정리 방법 중에는 디자인의 원리와 같이 질서와 조화, 비례, 대비 등 디자인 요소들도 존재하고 있다.

정리가 잘 된 공간에서는 시간이 절약된다. 필요한 물건을 찾기 위해 허둥대지 않아도 되기 때문이다. 정리된 공간은 마음의 평온을 가져온다. 어수선한 공간에서는 늘 긴장과 피로가 쌓이지만, 질서 있는 공간은 자연스럽게 안정감을 준다.

가장 중요한 변화는 관계에서 나타난다. 정리되지 않은 공간에서는 갈등이 자주 생긴다. 가족끼리도 서로의 물건을 찾지 못해 짜증을 내고, 불필요한 소비가 반복되며 경제적 스트레스가 커진다. 그러나 정리된 공간에서는 서로의 마음이 편안해지고, 대화가 늘어나며 관계가 깊어진다.

결국 정리는 물건을 넘어 삶의 조화와 행복을 만들어내는 일이다.

체험관의 역할 - 배움의 장, 성장의 터전

삼각지역에 문을 연 정리문화체험관은 송파구 가든파이브 위치로 얼마 전 이전하여 왔지만, 단순히 수납법을 배우는 공간이 아니다. 이곳은 정리를 통해 삶을 변화시키고, 행복을 디자인하는 배움의 장이다.

체험관은 실제 가정의 모습을 그대로 재현해 놓았다. 방문객들은 주방에서 냄비와 그릇을 정리하고, 아이 방에서 장난감을 정리하며, 거실에서 가구의 배치를 바꾸어 본다. 그 과정에서 단순히 손으로만 정리하는 것이 아니라, 마음으로 정리하는 법을 배우게 된다. 많은 방문객들이 이렇게 말한다.

"집으로 돌아가면 나도 모르게 마음부터 정리하게 됩니다." 정리가 단순히 공간의 변화를 넘어 삶의 방식을 바꾸는 이유다.

정리의 본질은 비움에 있다. 그러나 비움만으로는 충분하지 않다. 비운 자리에 무엇을 채우느냐가 중요하다.

우리는 종종 물건을 버리면서도 마음속의 욕심은 버리지 못한다. 그래서 또다시 물건이 쌓이고, 공간이 어지러워진다. 진정한 정리는 단순히 버리는 것이 아니라, 마음속의 욕심을 내려놓는 것이다. 그때 비로소 우리는 진정한 평화를 얻게 된다.

"정리는 삶을 비추는 거울이다. 어지러운 공간은 어지러운 마음을 비추고, 정돈된 공간은 평온한 마음을 보여준다." 정리를 통해 우리는 자신을 돌아보고, 새로운 삶을 설계할 수 있다.

한국정리수납협회와 체험관은 앞으로 더 큰 역할을 해야 한다. 저출산과 고령화, 1인 가구 증가 등으로 사회 구조가 급변하고 있다. 이러한 변화 속에서 정리는 단순한 취미가 아니라 삶의 필수 요소가 되고 있다.

혼자 사는 노인의 집을 안전하게 정리하는 일, 바쁜 맞벌이 부부의 시간을 절약해주는 수납 솔루션, 환경을 고려한 친환경 정리 방법 등 협회가 해야 할 일은 무궁무진하다. 체험관은 그 변화의 중심에서, 사람들의 삶을 더욱 행복하게 만드는 작은 등불이 될 것이다.

한국정리문화체험관의 문이 열린 것은 끝이 아니라 시작이다. 이곳에서 배운 작은 습관들이 가정과 사회로 퍼져 나가, 더 많은 사람들의 삶을 바꾸게 될 것이다.

"정리 정돈은 행운을 받아들이는 준비다." 바로 운(運)을 가까이에서 때가 오면 받아들일 자세를 익히는 것이다. 나는 오늘도 이 문장을 마음에 새긴다.

정리가 가져다주는 작지만 큰 행복이 우리 모두의 삶에 스며들기를, 그리고 이 체험관이 그 행복의 출발점이 되기를 진심으로 바란다.

비워낸 숨, 채워진 삶

담배와 나의 작은 인연, 청춘의 한 장면

나는 담배를 피우지 않는다. 그러나 내 인생의 여러 장면에는 늘 담배가 그림자처럼 스쳐 지나갔다. 어릴 적부터 청년 시절, 그리고 군대와 사회생활에 이르기까지, 담배는 때로는 호기심의 대상이었고, 때로는 유혹이었으며, 때로는 한 편의 추억이었다. 그 모든 순간이 쌓여 오늘의 나를 만든 셈이다.

어릴 때의 일이었다. 아버지는 담배를 즐겨 피우셨다. 새벽녘, 해가 뜨기도 전, 아버지는 나를 깨우며 말씀하셨다.

"애야, 담배 좀 사오너라."

졸린 눈을 비비며 동네 구멍가게로 달려가 담배 한 갑을 사 오던 그 길, 차가운 새벽 공기 속에 스며 있던 담배 연기는 묘하게 그윽한 향으로 다가왔다. 어린 마음에 그것은 어른들만이 가진 비밀스러운 세계 같았다.

청년 시절, 친구와 약속을 하고 다방에서 기다리던 날도 기억난다. 그 시절의 다방은 지금의 카페와는 달랐다. 테이블마다 두툼한 재떨이가 놓여 있었고, '유엔 성냥'이라는 작은 성냥 통이 탁자 위에 자리 잡고 있었다.

약속한 친구가 늦게 도착할 때는 나는 혼자 앉아 옆자리 사람들의 모습을 바라보았다. 그들은 커피를 마시며 천천히 담배 연기를 내뿜었고, 그 모습에서 나는 이상한 여유와 멋을 느꼈다.

나는 두 손이 어색해 성냥개비를 하나씩 꺼내 작은 탑을 쌓으며 시간을 달랬다. 그 순간 담배는 단순한 기호품이 아니라 '어른스러움의 상징'처럼 보였다.

한 번은 미술대학 실기실을 방문했을 때였다. 원형으로 설계된 교실 안, 높이 세워진 이젤들 사이로 커다란 흰 캔버스가 줄지어 서 있었고, 그 뒤로 은은하게 피어오르는 담배 연기가 흘러나왔다.

휴식 시간이었지만 인체 데생을 하던 학생들은 다리를 꼬고 앉아 진지하게 그림을 그리는 여학생이 있었는데, 그의 모습은 내게 묘한 세련됨으로 다가왔다. 그때 나는 마음속으로 생각했다.

'나도 담배를 피워야 창작하는 미술 활동의 당연한 모습으로 보일까?'

결국 나는 어느 날, 호기심을 참지 못하고 양담배 몇 개비를 들고 한강 변에 앉았다. 담배를 손가락 사이에 끼우고 불을 붙였다. 첫 모금은 상상과 달리 충격적이었다.

목구멍이 타들어가는 듯했고, 눈물이 핑 돌았다. 억지로 두세 개비를 연달아 피웠지만, 몸은 정직했다. 집으로 돌아가는 인천행 버스 안에서 머리가 어지럽고 구토와 멀미가 몰려왔다. 그날 나는 깨달았다. '담배는 내 길이 아니다.'

그 경험은 이후 평생 담배를 피우지 않게 된 결정적인 계기가 되었다.

군대 시절에도 담배는 늘 가까이에 있었다. 훈련 중 잠깐의 휴식 시간, 동료들은 하나 둘 담배를 꺼내 불을 붙였고, 그 연기 속에서 전우애가 돈독해졌다.

술자리에서도, 여행에서도 담배는 자연스러운 풍경이었다. 나역시 그 유혹을 받았지만, 한강 버스에서의 끔찍한 경험이 방패처럼 나를 지켜주었다.

그렇지 않았다면 지금쯤 나도 담배와 함께 생활하고 있었을지모른다.

지금도 나는 담배를 피우는 친구들에게 농담처럼 말한다.

"야, 이제 그만 끊어라. 건강이 너를 기다린다."

하지만 그들이 쉽게 담배를 놓지 못하는 것을 알기에, 그 말 속에는 가벼운 농담과 함께 진심 어린 걱정이 담겨 있다. 그리고 나는 담배와의 인연을 이렇게 마무리하며 스스로에게 말한다.

'그때 담배를 내려놓은 것은 내 삶의 큰 다행의 기회였다.'

담배의 역사와 사람들의 이야기

담배는 본래부터 인간의 삶 속에 있었던 것은 아니다. 그 역사를 거슬러 올라가면, 아메리카 원주민들이 하늘과 땅, 인간을 연결하는 의식의 도구로 사용하던 식물이었다. 그들에게 담배 연기는 신과 소통하는 통로였고, 의례와 기도의 중심에 있었다.

콜럼버스가 신대륙을 발견한 후 담배는 유럽으로 전해졌다. 처음에는 약초처럼 여겨져 치료와 위안의 도구로 사용되었지만, 곧그 매혹적인 연기는 '쾌락의 상징'으로 자리 잡았다.

산업혁명 이후 대량생산이 가능해지면서 담배는 세계적인 산업으로 성장했고, 유럽 귀족들의 사교 문화 속으로 자연스럽게 스며들었다.

동양에서도 담배는 빠르게 확산되었다. 조선 후기, 담배는 서민들의 일상으로 파고들었고, 전국적으로 유행이 되었다. 조선의 선비들은 긴 담뱃대를 손에 쥐고 글을 읽으며 풍류를 즐겼고, 담배는 사색과 여유의 상징처럼 여겨졌다.

당시 시문 속에는 담배를 피우며 떠오르는 생각들을 노래한 글들이 많았다. 담배는 단순한 기호품이 아니라, 사람들의 일상과 감정을 담아내는 매개체였다.

전쟁터에서 담배는 더욱 특별한 의미를 지녔다. 피로와 두려움 속에서 전우들이 함께 피우는 한 개비의 담배는 서로의 마음을 이어주는 다리였다. 담배 연기 속에서 그들은 잠시나마 두려움을 잊고, 인간적인 온기를 느꼈다.

문학과 예술에서도 담배는 자주 등장했다. 시인과 작가들은 담배 연기 속에서 자신의 고독을 표현했고, 영화 속 주인공의 손끝에서 피어오르는 담배 연기는 '멋'과 '카리스마'의 상징이 되었다.

카페 구석에서 담배를 피우며 글을 쓰던 예술가의 모습은 '생각하는 사람'의 전형적인 이미지로 자리 잡았다.

하지만 오늘날 우리는 담배의 또 다른 얼굴을 알고 있다. 현대의학은 담배가 인간의 건강을 해치는 가장 큰 원인 중 하나임을 밝혀냈다. 니코틴 중독, 폐암, 심혈관 질환 등 수많은 병이 담배와 직결되어 있다. 한때는 멋과 여유의 상징이었던 담배가, 사실은 수많은 생명을 앗아간 주범이었던 것이다.

이 사실을 알게 된 이후, 담배에 대한 사회적 인식도 크게 바뀌었다. 금연 캠페인과 금연 구역이 늘어나면서, 담배는 이제 과거의 낭만적 상징에서 건강을 지키기 위한 경계의 대상으로 변모했다.

디자인 측면에서 보아도 담배 곽 겉면의 흉측한 사진의 경고는 너무 크게 부각되어 포장디자인 측면의 가치는 완전히 사라지고 기능적인 측면만 강조되고 있는 것이다. 그러나 여전히 어떤 사람들에게 담배는 추억과 위안의 도구로 남아 있다.

담배는 인간의 삶 속에서 단순히 사라져야 할 존재가 아니라, 우리의 선택과 책임을 되돌아보게 하는 상징적인 물건이다. 담배 연기 속에는 시대의 이야기와 사람들의 눈물이 함께 담겨 있다. 그 연기를 바라보며 우리는 한 세대의 역사를 읽는다.

맑은 숨결, 그리고 삶의 여유

나는 담배를 피우지 못한다. 그러나 담배를 멀리한 선택이 단순히 건강만을 지킨 것은 아니라고 생각한다. 그것은 내 삶의 방향을 결정짓는 하나의 선택이었고, 그 선택 덕분에 나는 다른 길을 걸을 수 있었다.

담배를 피우지 않는다는 것은 단순히 무언가를 하지 않는 것이 아니라, 나 자신에게 맑은 숨결과 여유를 선물하는 일이다. 깨끗한 공기를 들이마시며 느끼는 평화로움, 깊은 호흡 속에서 다가오는 안정감은 담배와는 비교할 수 없는 값진 행복이다.

하지만, 나는 담배를 피우는 친구들을 보며 그들의 마음을 이해하려 노력한다. 때로는 가까이서 담배를 피우는 친구로부터 나오는 담배 연기 냄새도 싫은 편은 아니었다.

그들에게 담배는 단순히 습관이 아니라 위안이고, 때로는 추억이며, 삶의 일부이기 때문이다. 아버님도 병원에 폐렴으로 입원하고 계실 때도 담배를 찾은 안타까운 모습을 볼 때는 어떠한 상황에서도 끊지 못함을 알고 있다.

한 때는 피우지 마시라고 말렸지만, 그대로 피우시게 하자고 동생들과 의견을 나눈 적도 있어 누구보다 이해하고 있다.

삶은 끊임없는 유혹과 선택의 연속이다. 어떤 선택은 순간을 달콤하게 하지만 미래를 갉아먹고, 어떤 선택은 순간의 고통을 주지만 결국 삶을 지켜준다. 나는 담배라는 작은 유혹 앞에서 후자를 택했다. 한 순간의 선택이 평생을 가는 것을 곰곰이 생각해 본다.

청춘의 어느 날, 한강 변에서 담배 연기 속에서 멋을 잠시 좇던 그 시절을 떠올리며 나는 오늘 이렇게 말하고 싶다.

"진정한 건강은 담배를 피우든 안 피우든 연기 속에 있지 않다. 맑은 숨결, 그리고 삶을 사랑하는 여유로운 마음 속에 있는 것 같다."

그리고 그 말은, 오늘도 내 삶 속에서 조용히 증명되고 있다.

담배 없는 삶은 단순히 건강을 지키는 것만이 아니라, 세상을 더 깊고 깨끗하게 바라볼 수 있는 또 다른 하나의 삶의 방식이었다.

흠뻑쇼의 푸른 물결 속으로

인생의 두려움을 넘어서기까지

삶에는 우리가 예상하지 못한 순간, 예상치 못한 초대장이 찾아오곤 한다. 그 초대장은 때론 설렘을, 때론 두려움을, 또 때로는 변화를 불러오기도 한다. 그날도 그랬다. 어느 날, 우리 동네 모임의 막내가 눈을 반짝이며 말했다.

"올해 여름, 수원에서 싸이 흠뻑쇼가 열립니다. 다 같이 가시죠!"

순간, 방 안의 공기가 멈춘 듯 조용해졌다. 우리 모임은 대부분 예순을 넘긴 이들이었고, '흠뻑쇼'라는 단어는 그야말로 낯설고도 버거운 단어였다.

수만 명이 물을 뒤집어쓰며 늦도록 뛰노는 공연장이라니, 그 광경 속에서 우리가 과연 어울릴 수 있을까? 누군가는 "아니, 우리 나이에 물 맞으면서 놀 수 있을까?" 하고 웃으며 고개를 저었고, 또 다른 이는 "허리 아플까 봐 걱정이야"라며 농담 섞인 진담을 내뱉었다.

하지만 막내의 눈빛에는 포기가 없었다. 그는 이미 여러 차례 지방 공연도 다녀온 경험자였다. 그의 말투에는 단호함이 묻어 있었다. "이건 나이가 문제가 아니에요. 그냥 가서 느껴보세요. 죽기 전에 한 번은 꼭 경험해야 할 인생의 축제입니다!"

그 열정은 결국 모임의 회장을 움직였다. 회장은 그 자리에서 과감하게 선언했다.

"좋아, 티켓 10장 내가 다 샀다. 대신 못 가면 17만 원씩 물어내야 해!"

농담 같았지만, 그 말에는 단호함이 섞여 있었다. 그 순간, 우리에게 남은 선택지는 단 하나였다. 그리고 전에 한번 갔다 온 친구가 평생 꼭 한번을 봐야 한다고 목소리 높여 이야기 한다. '간다.' 더 이상 망설임의 여지는 없었다. 그날 이후 우리는 설렘과 두려움 속에서 준비를 시작했다.

드레스 코드는 푸른색이라 푸른 티셔츠를 맞추고, 푸른 모자와 수건을 준비하며 각자 자신만의 문구를 넣었다. 티셔츠 등판에는 "미친 듯이 놀아보자", "아름다워 사랑스러워", "싸부기 물대포", "PS42".

각기 다른 문구를 보며 우리는 서로의 티셔츠를 부러워하기도, 웃음을 터뜨리기도 했다. 준비하는 그 시간 자체가 이미 축제의 일부 같았다. 두근거림과 걱정이 교차하며 공연 당일은 어느새 성큼 다가왔다.

8월 3일, 무더위가 절정을 이루던 여름밤. 아홉 명의 우리는 한마음으로 공연장을 향해 출발했다. 일찍 모인 시간 다 같이 커피를 들면서도 "가도 괜찮을까?"라는 작은 망설임이 오갔지만, 이미 우리의 마음은 절반쯤 공연장에 도착해 있었다.

그때까지만 해도, 그날의 경험이 우리의 사고를 바꿀 거라고는 상상하지 못했다.

물과 음악, 그리고 청춘의 부활

공연장 근처에 들어서면서 수 많은 사람들이 공연장으로 가족 단위, 친구 단위로 삼삼오오 몰려가는 모습이 먼저 눈에 들어왔다. 공연장에 줄을 한참서 있다 들어서자 눈앞에 펼쳐진 광경은 압도적이었다.

경기장을 채운 2만 5천 명의 관객이 이미 뜨거운 함성으로 하늘을 뒤흔들고 있었다. 무대는 거대한 조명과 구석 구석 물대포 장치들로 둘러싸여 있었고, 300톤의 물이 쏟아질 준비를 마친 상태였다.

전면부 무대는 거대해 압도적이었고 중간 일정하게 물대포가 공중을 향해 준비되었다. 무대에 주인공이 등장하자 장내는 폭발적인 열기로 가득 찼다. "미친 듯이 놀아보자!"

그의 외침과 동시에 사방에서 거대한 물줄기가 쏟아졌다. 차갑고 시원한 물이 온몸을 덮치자, 우리 마음속에 오래도록 쌓여 있던 두려움과 근심도 함께 씻겨 내려갔다. 젖은 옷은 무겁게 달라붙었지만, 마음은 그보다 훨씬 더 가벼워졌다. 우리는 두 팔을 높이 들고 소리쳤다.

나이의 경계가 무너지고, 모두가 같은 청춘이 되었다. 무대 한쪽 카메라가 우리를 비추더니, 대형 화면에 우리의 얼굴이 클로즈업되었다. 그 순간, 관객들은 더 큰 환호를 보냈다.

"와! 60대도 왔다!" 우린 다 함께 미친 겁니다.

그는 즉석에서 "이분들이 진짜 레전드입니다!"라고 외치자, 우리는 더욱 힘차게 환호했다.

그 멘트가 떨어지자 이어진 곡은 〈아버지〉였다.

"아버지… 그 이름만으로도…"

수만 명의 관객이 함께 손을 흔들며 따라 부르는 그 장면은 말로 표현할 수 없을 만큼 장엄했다. 그 순간 돌아가신 아버지가 떠올라 가슴이 먹먹해졌다.

눈물이 차올랐지만, 다행히 얼굴을 덮친 것은 눈물이 아니라 시원한 물줄기였다. 그리움과 환희가 뒤섞이며, 삶의 무게가 눈부신 빛으로 바뀌는 순간이었다.

그 공연은 단순히 물과 음악의 축제가 아니었다. 그것은 삶의 두려움과 나이의 벽을 무너뜨리는 해방의 의식이었다. 우리는 그동안 스스로에게 수많은 제한을 두고 살아왔다.

'나이가 있으니 이제는 즐길 수 없다.', '이제는 몸을 사려야 한다.'는 말로 스스로를 가두었다. 그러나 그날 밤, 물대포와 함께 그 모든 벽이 산산이 부서졌다. 우리는 알았다. 청춘은 결코 나이와 상관없는 것임을. 마음이 열리면 누구나 다시 청춘으로 돌아올 수 있다는 것이다.

인생의 교훈, 그리고 앞으로의 날들

공연이 끝나고 돌아오는 길에 우리는 모두 말했다.

"참 잘 왔다. 인생에서 이런 경험을 또 할 수 있을까?"

처음의 두려움과 걱정은 온데간데없었다. 남은 것은 젖은 옷처럼 무겁게 달라붙던 걱정 대신, 서로의 눈빛 속에 반짝이는 감동뿐이었다.

삶은 종종 우리를 주저하게 한다. 나이가 들면 우리는 스스로에게 수많은 핑계를 댄다.

"이제 늦었어."

"내 나이에 무슨 축제야."

하지만 그날 밤, 우리는 그 모든 생각이 착각임을 깨달았다. 삶은 나이가 아니라 마음으로 사는 것이었다. 그 어떤 순간도 늦지 않았고, 그 어떤 나이에도 청춘은 우리 곁에 있다.

이 경험은 마치 기업 경영의 세계와도 닮아 있다. 예전의 산업은 석유, 철강, 자동차처럼 눈에 보이는 자산이 중심이었다. 그러나 지금은 알리바바 같은 플랫폼 기업이 세계의 중심에 서 있다. 물건을 직접 생산하지 않지만, 사람과 사람을 연결하고 관계를 매개하며 세상을 움직인다.

싸이의 흠뻑쇼도 마찬가지였다. 이 공연 주인공은 단순히 노래를 부르는 가수가 아니라, 수만 명의 사람들을 하나로 연결하는 '관계의 매개자'였다. 그의 공연은 단순한 음악회가 아니라 인생을 통째로 흔드는 축제였다.

그리고 우리 또한 그 무대 위의 관객으로서 배우게 되었다.

생도 결국 하나의 거대한 공연장이다. 그 무대에서 우리는 배우이자 관객으로, 연출가이자 주인공으로 살아간다. 무대에 오르는 순간을 두려워하지 않고, 물대포를 맞을 용기로 뛰어들어야 한다. 그때 비로소 우리는 "살아 있음"을 온몸으로 느낄 수 있다.

이번의 흠뻑쑈는 단순한 한여름 밤의 추억이 아니다. 그것은 우리가 잊고 있던 진리를 일깨워주는 경험이었다. 나이가 들수록 더 조심스러워지고, 점점 스스로를 좁은 틀 안에 가두기 쉽다.

하지만 그날 밤 우리는 배웠다. 인생은 언제든 새롭게 젖을 수 있는 축제이며, 두려움 너머에는 늘 환희가 기다리고 있다는 사실을.

젖은 옷처럼 우리의 우정은 더 끈끈해졌고, 젖은 몸보다도 우리의 마음은 훨씬 더 가벼워졌다. 우리는 이제 안다.

삶은 끝없이 흐르는 푸른 물결처럼, 우리가 마음만 연다면 언제든 새롭게 시작할 수 있다는 것이다.

그날의 푸른 밤은 우리에게 단순한 추억이 아니라, 살아 있음에 대한 감사와 환희를 가르쳐준 소중한 교훈이었다. 그리고 앞으로의 날들 속에서도, 그날의 물줄기와 함성은 우리 마음속에서 영원히 울려 퍼질 것이다.

4장

마음이 쉬는 곳

가족과 함께 살아낸 세월, 그리고 삶의 뿌리
어머니의 손, 아내의 미소, 아이들의 웃음 속에
나는 인생의 의미와 사랑의 본질을 배웠다.

마음이 쉬는 곳

사랑이 머무는 집, 그리고 삶의 뿌리

삶의 길을 걸어오며 수많은 만남과 이별을 겪었지만, 언제나 마음의 끝에는 가족이 있었다. 세상은 끊임없이 변하고 사람의 마음도 바람처럼 흔들리지만, 가족은 그 모든 변화를 품어내는 조용한 항구다.

기쁨과 슬픔, 성공과 좌절이 뒤섞인 인생의 긴 여정 속에서도 우리가 결국 돌아갈 곳은 언제나 그 집이었다. 가족이란 단어 속에는 웃음과 눈물이 함께 있고, 그 안에는 세월의 모든 온기가 스며 있다.

어머니를 떠올리면 언제나 마음 한켠이 따뜻해진다. 그분의 손에는 세월의 흔적이 고스란히 남아 있었고, 그 미소에는 평생을 견뎌온 사랑의 무게가 담겨 있었다. 젊은 시절, 가족을 위해 자신을 내어주셨던 어머니는 말보다 행동으로 삶의 지혜를 가르쳐 주셨다.

그 사랑은 바다처럼 깊고 넓어서, 자식의 잘못조차 품어내는 힘이 있었다. 세월이 흘러 나 또한 부모가 되어 보니, 그 사랑의 깊이를 이제야 조금은 이해하게 된다. 가장 강한 사람은 자신을 내어주며 누군가의 삶을 지탱하는 사람임을, 어머니는 평생의 모습으로 보여주셨다.

그리고 내 삶의 또 한 축에는 언제나 아내가 있었다. 젊은 날의 우연한 만남이 세월을 지나 인연이 되고, 설렘은 깊은 신뢰로 변했다. 어려운 시절에도 그녀는 한결같이 가정을 지켜 주었다.

경제의 폭풍이 몰아칠 때도, 삶이 뜻대로 흘러가지 않을 때도, 그녀는 조용히 곁에서 등을 밀어주었다. 두 손을 꼭 잡고 서로를 믿었던 그 시절이 있었기에 오늘의 내가 있다. 가정은 인생의 가장 단단한 울타리이며, 사랑은 그 울타리를 세우는 벽돌이다.

아이들이 태어나면서 삶은 새로운 빛으로 물들었다. 첫 아이를 품에 안았던 날의 떨림은 아직도 생생하다. 그 작은 손가락을 바라보며 나는 알았다.

이제부터 나의 삶은 한 사람의 아버지로 이어질 것임을. 아이들이 자라며 웃고 울고 반항하던 그 모든 시간은 결국 내 자신을 성장시키는 과정이었다.

부모가 자식을 키우는 것이 아니라, 자식이 부모를 단단하게 만드는 것임을 그때 배웠다. 아이들이 스스로의 길을 찾아 나설 때마다 마음 한켠이 아려왔지만, 그것이 바로 부모의 사랑이 완성되는 순간이었다.

나의 어린 시절엔 언제나 할머니가 계셨다. 함께 화투를 치며 웃던 시간, 노을빛이 스며든 마루 끝의 평화로움, 그 모든 기억이 지금의 나를 이룬다.

할머니는 말보다 따뜻한 눈빛으로 사랑을 주셨다. 그것은 세월이 흘러도 잊히지 않는 마음의 언어였다. 그렇게 이어진 사랑의 고리는 세대를 넘어 흐르고, 지금은 내가 그 마음을 이어 주는 사람이 되어 있다.

삶에는 평온한 날만 있는 것은 아니다. 뜻하지 않은 어려움은 언제나 찾아오지만, 가족은 그 모든 시간을 함께 건넌다. 세계가 멈춘 듯 고요했던 팬데믹의 시절에도, 가족은 서로의 안부를 확인하며 연결의 의미를 다시 배웠다.

마스크 너머로 전해지는 눈빛 속에 따뜻한 위로가 있었고, 떨어져 있어도 마음은 함께였다. 세상이 멈춰도, 사랑은 멈추지 않았다. 평범한 식탁 위의 웃음, 한 끼의 나눔이 얼마나 소중한지 그 시절은 우리에게 가르쳐 주었다.

세월이 흘러 아이들이 자라 각자의 삶을 살아가고, 나는 이제 부모이자 조부모의 자리에서 그들의 길을 지켜본다. 삶은 마치 이어지는 강물 같다. 부모에게서 받은 사랑이 자식에게 흐르고, 그 자식이 또 다음 세대에게 사랑을 건넨다.

이렇게 삶은 끊이지 않는 이야기로 이어진다. 우리는 아이의 길을 대신 걸을 수는 없지만, 그 길을 걸어갈 수 있도록 빛을 비춰줄 수 있다. 그것이 부모의 역할이자 세대를 잇는 사랑의 방식이다.

이제는 무엇보다도 건강의 소중함을 절실히 느낀다. 세월이 흘러 몸은 늙어도 마음이 건강하면 삶은 여전히 빛난다. 하루의 작은 습관이 내일의 삶을 만든다. 짧은 산책, 따뜻한 대화, 고요한 명상의 시간 속에서 우리는 다시 자신을 회복한다.

건강이란 단순한 몸의 상태가 아니라, 마음이 세상을 대하는 태도다. 가족과 함께 웃을 수 있는 그 순간이야말로 인생이 주는 가장 큰 선물이다.

돌아보면 내 인생의 모든 길에는 가족이 있었다. 어머니의 헌신, 아내의 믿음, 아이들의 웃음, 그리고 손주의 맑은 눈빛까지, 그것들은 모두 하나의 이야기로 이어져 있다.

가족은 단순한 혈연이 아니라, 삶을 지탱하는 뿌리이며, 세대를 잇는 사랑의 언어다. 세상 어디를 가더라도, 그 마음의 집이 있기에 우리는 길을 잃지 않는다.

이제 나는 더 이상 앞서 걸으려 하지 않는다. 그저 조용히 다음 세대를 응원하며 그들의 삶을 지켜볼 뿐이다. 언젠가 나의 이야기는 멈추겠지만, 가족의 이야기는 계속될 것이다. 그것이 삶이 우리에게 준 가장 큰 축복이다.

오늘도 나는 다짐한다. "먼저 미안하다고 말하고, 먼저 고맙다고 인사하자." 그 두 마디가 세대를 잇는 가장 아름다운 유산이 될 것이다. 가족은 인생의 첫 학교이자 마지막 피난처다.

그리고 그 가족이 있었기에 나는 흔들림 없이 이 길을 걸어올 수 있었다. 우리의 이야기는 아직 끝나지 않았다. 가족의 이야기를 통해 삶의 본질적인 가치를 탐구한다. 그곳에서 우리는 오늘도 새로운 하루를 맞이한다.

할머니와 화투놀이

신흥동의 빛, 할머니의 손길

인천 신흥동은 내 어린 날의 모든 감각이 태어난 자리였다. 트럭의 굉음이 하루를 여닫고, 창고에 층층이 쌓인 솜과 옥수수에서 먼지 냄새가 흘렀다.

ㄱ자 모양으로 꺾인 큰아버지의 물류창고 울타리 안 한편엔 다다미 깔린 일본식 목조 건물이 있었고, 나는 그 2층 방에서 태어나고 자랐다. 1층 사무실엔 손잡이를 돌려쓰는 구형 전화기가 놓여 있었는데, 귓속을 간질이던 그 기계음은 어린 나에겐 마술 같았다.

그 복작거리는 풍경 사이에서 나를 기둥처럼 붙들어 주신 분이 있었다. 평생을 홀로 살아오신 할머니. 흰 머리를 곱게 틀어 올리고 비녀를 꽂으시면, 미소 하나만으로 마당의 바람이 누그러졌다.

아버지는 일터로, 어머니는 살림과 자식들로 분주했지만, 나는 자연스레 할머니 손을 잡고 하루를 건넜다. 그 손은 말수가 적었고, 대신 온기가 깊었다.

할머니와 가장 자주 마주 앉았던 건 화투 놀이었다. 학교 들어가기 전, 어린 손자에게 화투를 가르치던 할머니는 장난스레 눈을 찡긋했고, 나는 색색의 장들을 넘기며 세상에서 가장 작은 그림들을 탐험했다.

붉은 단풍, 노란 국화, 매화와 벚꽃, 송학과 초가지붕. 계절이 스친 자취들이 손바닥만 한 종이 위에 펼쳐졌다. 그 속에서 나는 색의 배합을 배웠고, 상징이 어떻게 이야기가 되는지 알았다. 화투는 내게 단순한 놀이가 아니라, '그림을 읽는 법'을 알려준 입문서였는지 모른다.

무엇보다 그것은 할머니와 나만의 비밀스러운 언어였다. 내가 좋아하는 것을 함께 좋아해 주는 사람, 그가 곁에 있다는 사실만으로도 아이의 세상은 곧장 넓어진다.

창고 마당에 트럭들이 드나들다 보면 옥수수 알갱이가 한두 줌씩 떨어졌다. 할머니는 허리를 굽혀 그 알갱이를 모으며 내 손을 꼭 잡아 주셨다.

때론 접혀있던 하얀 손수건을 펼쳐 작은 지폐를 조심스레 쥐여 주셨는데, 아이였던 나는 그 순간 세상을 몽땅 받은 듯 환해졌다. 훗날에야 알았다. 그 지폐는 돈이 아니라 '네가 소중하단다'라는 사랑의 문장이라는 걸.

"사랑은 큰 소리를 내지 않는다. 대신 작은 것을 오래 기억하게 만든다."

자유극장 앞자리, 화투 한 장의 미학

할머니는 가끔 나를 인천의 '자유극장'으로 데려가셨다. 지금은 사라진 그 극장 앞에서 사탕 한 봉지를 쥐고 설레던 감각이 아직도 손끝에 남아 있다. 스크린이 켜지는 순간, 현실은 천천히 뒤로 물러났고, 빛으로 지어진 다른 세계가 내 앞에 펼쳐졌다.

저녁까지 나오지 않아 가족들이 찾으러 올 만큼 오래 머무르기도 했다. 생각해 보면 어린아이와 그렇게 영화관에서 시간을 함께 보낸다는 건 쉽지 않은 일이다.

할머니는 내가 좋아하는 것을 거절하지 못했던 것이다. 아니, 좋아하는 것을 '같이 좋아해 주는 법'을 알고 계셨다.

자유극장 어둠 속에서 나는 '이야기'라는 또 다른 세계를 배웠다. 장면은 흐르고, 음악은 감정을 데려오고, 배우의 표정은 말보다 많은 것을 전했다.

하루 종일 어두운 영화관에서 무엇에 그토록 관심과 흥미가 있어 집에 가는 것을 모르고 영화를 보았는지 의문이 간다. 그때 부모님들은 영화관에 간 줄도 모르고 찾아 다녔다고 하신다.

무대의 뒤편에 숨은 손길, 화면 바깥에서 준비된 수고, 그리고 보는 사람의 심장을 조용히 흔드는 '보이지 않는 설계'. 그 모든 것을 나는 스크린 앞자리에서 처음 느꼈을 것이다.

창고 앞 마당, 화투놀이, 극장 좌석, 세 장소는 서로 멀리 떨어져 있는 것 같았지만, 내겐 하나의 길로 이어졌다. 이미지는 이야기가 되고, 이야기는 사람을 잇는다.

할머니와 내가 나눴던 시간들이 바로 그랬다. 우리는 화투의 문양으로 계절을 공부했고, 영화의 장면으로 마음의 언어를 익혔다. 그래서였을까. 나는 일찍부터 사소한 것의 무늬를 귀히 여기는 습관을 배웠다.

낡은 구형 전화기의 손잡이가 전하는 촉감, 다다미에서 올라오는 짚냄새, 비녀가 비치는 은빛. 작은 것이 삶의 중심을 만든다는 걸, 할머니는 말없이 가르치셨다.

"품격은 큰 결정에서가 아니라, 작은 선택들의 누적에서 드러난다."

할머니와의 나날은 언제나 느리게 흘렀다. 느림은 곧 집중이었고, 집중은 곧 애정이었다. 화투 한 장을 넘길 때도, 스크린의 엔딩 자막이 오를 때도 우리는 서두르지 않았다.

느림이 남기는 자리엔 대화가 들어섰고, 대화가 남기는 자리엔 기억이 앉았다. 그렇게 내 기억은 빛과 그림자의 층을 얻었다. 빛은 사랑이었고, 그림자는 그 사랑을 오래 붙잡고 싶은 그리움이었다.

한강을 따라, 뿌리를 옮기다

세월은 친지의 이름을 한 줄씩 하늘로 올려 보낸다. 어느 날, 할머니가 조용히 떠나셨다. 가족들은 마석 수동면의 할아버지 산소 곁에 할머니를 모셨다.

장로님이었던 큰아버지, 작은아버지, 아버지의 기도가 이어졌고, 우리 가족의 추석 성묘는 늘 찬송과 함께였다. 산소에는 할머니, 할아버지, 큰어머니 두 분이 계시는 산소였다. 세월을 건너, 그 묘역은 더 이상 성묘할 수 없게 되었고, 우리는 부평 가족공원 묘지로 이장을 결정했다.

이장은 절차가 아니라 '다시 한 번 마음을 모으는 의식'이었다. 이장하는 날, 같이 갈 수 있는 친척들도 많지 않아 사촌형과 나는 같이 이른 새벽에 산소로 동행하였다.

큰어머니의 유골함은 화장을 하러 홍성으로 같이 온 사촌형 친구와 먼 길을 가고, 나는 할머니와 할아버지를 부평으로 모시는 일을 맡았다.

그날, 나는 혼자 작은 유골함을 조심스레 싣고 직접 운전해 한 강을 따라 내려왔다. 뒷좌석의 유골함을 거울로 바라보며 마음속으로 중얼거렸다.

"할머니, 할아버지, 오늘은 서울도 보시고, 한강도 보세요. 천천히, 오래 구경하세요."

한강 물결이 흘러가는 동안, 차창 너머 풍경과 내 기억이 나란히 흘러갔다. 사진으로만 보던 할아버지, 언제나 내 편이 되어주던 할머니.

비록 작은 상자였지만, 그날만큼은 두 분과 가장 가깝게 대화를 나눈 듯했다. 나도 모르게 흐르는 눈물을 닦아낸다. 할머니를 이렇게 모시는 시간이 될 줄이야 어찌 알았겠는가?. 할머니는 알고 계셨을까?

부평에 도착해 새로운 자리를 마련하고 기다리던 가족들과 예배를 드렸다. 그 곁에는 이제 아버지도 함께 계신다. 바람이 예배의 끝을 넘기고, 흙 냄새가 조용히 가라앉았다.

우리는 손을 맞잡고 기도했다. 우리 가족의 시간, 믿음, 사랑이 한 자리에 내려앉는 순간이었다. 이따금 그곳을 찾으면 나는 늘 같은 다짐을 한다. "당신들이 걸었던 길을 흔들림 없이 잇겠습니다."

돌아보면 나는 누구보다 할머니의 손에 길러졌다. 화투 놀이의 웃음, 자유극장의 어둠, 손수건에 곱게 싸 주시던 작은 지폐. 그 모든 것들이 지금의 나를 만든 조각들이다. 살아보니 알겠다.

위대한 사랑은 큰 사건으로 오지 않는다. 대신 일상의 작은 결을 바꾸어 놓는다. 밥을 더 뜨고, 손을 더 꼭 잡고, 보고 싶은 것을 같이 보러 가고, 떠난 뒤에도 같은 길을 함께 걸을 수 있도록 마음에 길을 남겨 두는 일, 그런 일들로 삶의 품격이 결정된다.

"우리가 사랑해 준 것만이 우리 안에서 끝까지 살아 남는다."

이제 내 곁엔 나의 자식과 손주가 있다. 그때 그 아이들이 기억해 줄 한 문장이 있다면 이렇게 말하고 싶다.

"작은 것을 오래 사랑하렴." 작은 것을 오래 사랑하면, 언젠가 큰 슬픔도 조용히 건널 수 있다. 작은 것을 오래 사랑하면, 떠난 이들의 손길을 오늘의 바람 속에서도 느낄 수 있다.

삶은 어김없이 흐르고, 우리는 언젠가 모두 강을 건넌다. 그러나 사랑으로 남긴 기억은 사라지지 않는다. 화투 한 장의 문양처럼, 낡은 전화기 손잡이의 감촉처럼, 다다미의 냄새처럼, 미세하고 개인적인 것들이 세월을 건너 가족의 언어가 된다.

그 언어로 우리는 서로를 알아보고, 먼 길을 함께 걷는다.

그리고 그 기억은 오늘도 내 삶의 밑바탕이 되어 있다.

삶은 언제나 덧없이 흘러가지만, 사랑으로 남은 기억은 결코 사라지지 않는다. 내가 할머니와 함께했던 그 시간들처럼 말이다. 이제 나는 그 기억을 안고 오늘을 굳건히 살아간다.

어머니의 세월

혼자 남으신 어머니

아버지가 세상을 떠나신 뒤, 어머니는 혼자가 되셨다. 오래도록 한 집에서 서로를 의지하며 살아오셨던 두 분의 삶은 그렇게 마침표를 찍었다.

홀로 남은 어머니는 무릎이 불편하셔서 늘 집에만 머무셨다. 나는 찾아뵐 때마다 "어머니, 아파트 앞마당이라도, 공원이라도 자꾸 걸으셔야 합니다."라고 말씀드렸지만, 그 말이 얼마나 공허했을까.

인천에 사는 동생들이 가까이에 있어 자주 찾아가 음식을 챙기고 살펴드리곤 했지만, 홀로 사는 노인의 시간은 누구에게나 고단하고 외로운 법이다. 그러던 어느 날, 큰 사건이 일어났다.

근처에 사는 여동생이 방문했는데, 벨을 눌러도 아무 반응이 없었다. 어머니가 집을 비울 리 없는데 문을 열어주시지 않자, 불길한 마음이 앞섰다.

다행히 항상 열쇠를 가지고 다니던 터라 문을 열고 들어가니, 어머니는 베란다에 쓰러져 계셨다. 빨래를 널다가 그만 주저앉으신 것이었다. 고관절이 부러져 움직일 수 없었고, 그렇게 쓰러져 계셨던 것이다. 발견이 늦었더라면 큰일이 났을지도 모른다.

급히 119를 불러 병원으로 옮겼고, 수술을 마친 어머니는 이후 요양원과 요양병원을 전전하며 벌써 6년째 지내고 계신다.

처음 어머니가 계셨던 곳은 병원서 수술을 하시고 더 치료할 필요가 없으시다고 해 옮겨진 곳이 근처 요양병원이었다. 그러다 필요와 상황에 따라 요양원도 머무시며 많은 시간이 흘렀다.

요양원은 어떤 곳인지 알게 된 것도 크게 아프시고 나서야 요양원의 정체를 알게 되었다. 이곳은 의료행위를 할 수 없는 곳이었다. 계약된 의사가 2주에 한 번 방문해 약 처방을 하고, 간호사가 올 때에만 링거와 주사가 가능했다.

어느날 어머니가 설사와 열로 음식을 못 드시고, 상태가 날로 악화되어도 단순 해열제만 투여될 뿐이었다.

매주 방문하던 동생들이 많은 시간이 지나도록 아픈 상태여서 걱정 끝에 결국 큰 병원으로 모시고 갔다. 검사 결과는 장염이 심한 상태였다. 이미 심해져 피까지 섞여 나올 정도였다.

다행히 적절한 치료와 수액 공급을 받고 죽으로 식사를 시작하시며 다시 원기를 회복하셨다. 그때 우리는 깨달았다.

노인의 삶에는 단순한 돌봄이 아니라, 전문적인 의료와 세심한 보살핌이 반드시 필요하다는 것이다. 그 이후 어머니를 요양원 대신 의사와 간호사가 상주하는 요양병원에 모시게 되었다.

그곳에서 어머니는 다시 안정을 찾으셨다. 식사도 잘하시고, 93세의 연세에도 같은 방 사람들과 두루 어울리며 지내신다. 매번 방문할 때마다, 큰 위기를 넘기고 이렇게 건강하게 계시는 것만으로도 감사한 마음이 든다.

돌아가고 싶었던 집, 그러나…

아버지가 돌아가실 무렵, 호흡기를 끼고 힘겹게 누워 계시던 모습이 떠오른다. 그때 아버지는 늘 같은 말씀을 하셨다.

"집에 한 번만 꼭 가보고 싶다." 아버지, 산소 호흡기를 끼고 계셔 이동이 어렵다고 말씀드리고 실천을 하지 못했다. 그러나 끝내 그 소원을 이루어드리지 못했다는 아쉬움은 지금도 돌아가신 후 지금도 커다란 상처로 마음속에 남아 있다.

그래서 언젠가 어머니께도 여쭈었다. "어머니, 집에 하루 가보고 싶으세요?" 어머니는 그렇다고 하셨다. 모처럼 어머니를 모시고 혼자 사시던 아파트 앞에 도착했다. 그런데 막상 집 앞에 서자 어머니는 고개를 저으셨다. "들어가서 뭐하냐, 다시 병원으로 가자."

그 말이 내 가슴을 울렸다. 오랜 기억이 깃든 집이었지만, 홀로 지내던 날들의 고독과 두려움이 그 공간을 낯설고 무섭게 만든 것은 아닐까. 그 이후 사시던 집을 전세 주기 위해 모든 삶이 깃든 물건들을 정리하고 없앤다는 망설임과 아쉬움 속에 치워버려려야만 했다.

이젠 생활 가구와 물건들은 다 정리되었고, 아파트는 월세를 주고있는 상황이라 현실적으로 돌아갈 수도 없는 상태라 가자고 하시면 난감할 것이다. 그러나 어머니 마음속에는 그 집이 더 이상 안식처가 아닌, 고단한 기억의 자리로 남아 있었던 듯하다.

효도의 의미, 가족의 힘

이제 자식으로써 지금 우리가 할 수 있는 건 자주 찾아뵙는 일뿐이다. 맛있는 음식을 싸 들고 가서 함께 나누고, 이야기를 나누는 것이다. 인천에 사는 두 동생과 서울에 사는 한 동생은 시간이 되는대로 매주 주일 예배가 끝나면 병원을 찾는다.

한 시간쯤 머물다 "다음에 또 올게요" 하고 나오면, 어머니는 언제나 잠시 섭섭한 얼굴로 "왜 오냐, 오지 마라" 하신다. 그러나 그 표정에는 동시에 아쉬움과 고마움이 함께 담겨 있어 무거운 분위기가 되어 발길이 무겁다.

나는 장남으로서 언제나 마음 한켠에 미안함을 안고 있다. 가까이서 자주 찾아뵙지 못하는 현실, 대신 더 많은 시간을 들여 모시는 동생들에게 느끼는 고마움.

그러나 그 미안함 속에서도 분명한 진실이 있다. 어머니는 우리 모두에게 여전히 삶의 중심이자 기둥이라는 것이고, 우리를 계속 기다릴 것이 분명하다.

방문할 때마다 모인 가족들은 면회가 끝나면 저녁을 나누고, 커피를 마시며 담소를 나눈다. 아이들까지 동행해 조카들이 할머니 곁을 지킬 때면, 면회실은 어느새 작은 가족 모임이 된다.

어느 때는 열명도 넘어 웃음소리와 이야기들이 오가며, 병원이라는 공간은 잠시나마 집처럼 따뜻해진다. 어머니가 돌아가시면 동생들과의 이런 모임을 지속적으로 할 수 있을지 생각도 많이 해본다.

그래서 방법의 하나로 매달 일정 금액을 적립하고 동생들과 함께 써가며 공동 책임 의식을 함께 나누고 있다

어머니가 요양병원에서 지내시는 지금, 나는 인생의 큰 교훈을 배운다. 효도란 거창한 것이 아니라, 현재로서 최선을 다하는 것은 단지 자주 찾아뵙고 함께 시간을 보내는 것이라는 사실이다.

우리는 종종 '더 잘해드리지 못했다'는 후회를 안고 살지만, 결국 부모가 가장 원하는 것은 곁에 있어 주는 시간일 것이다.

공자는 "효도와 공경이야말로 인(仁)의 근본이다"라고 말도 있듯이 가장 큰 행복은 가정의 따뜻함 속에 있다." 어머니가 계신 병실이 곧 가정의 또 다른 확장이 되는 이유가 바로 여기에 있다.

가끔은 나의 부족함이 마음을 무겁게 하지만, 동시에 동생들의 헌신과 사랑이 있어 위로를 받는다. 결국 가족이 함께 짐을 나누고, 부모를 함께 모시는 것이 가장 큰 효도의 모습일지도 모른다.

어머니를 찾아뵙고 돌아오는 길은 늘 편안하지 않다. 섭섭한 듯 "오지 말라"는 인사 뒤에 남겨진 쓸쓸한 표정이 오래 마음에 남는다. 그러나 동시에 그 만남의 시간은 우리 모두에게 삶의 의미를 다시 일깨워 준다.

삶은 언젠가 끝을 맞이한다. 그러나 부모와 자식 사이의 인연은 끝이 없다. 오늘의 작은 효도가 내일의 기억이 되고, 내일의 후회가 되지 않기를 바랄 뿐이다.

어머니가 계신 요양병원. 그곳은 슬픔의 공간이 아니라, 사랑을 배우고 감사함을 새기는 학교다. 아버지가 집에 한번 가자고 남긴 마지막 말씀이 내 가슴에 남아 있듯, 어머니와 함께하는 지금의 순간이 어머니도 집에 한번 가보자는 말씀을 잊어버리시도록 즐거운 분위기를 만들어 주는 것이 최선일지도 모른다.

가끔은 어머니를 보러 가면 문득문득 아버지 생각이 난다. 병실에 계실 때도 가끔은 내 손과 팔목을 잡으시고 아무 말 없이 계시던 일과 돌아가시는 날 한밤 중 그 순간까지도 옆에서, 더 가까이, 더 따뜻하게 지켜주며 차가워져가는 손을 같이 잡고 함께 있어야 하는 것을 못했던 것이 어찌 잊어지겠는가?

　한 인간으로서 마지막 말을 못하는 순간까지도 사랑의 온기를 느끼시게 손을 잡고 있어야 할 가장 소중한 시간이었을 것이다.

아내와의 인연

우연처럼 다가온 인연, 운명으로 이어지다

인생의 가장 소중한 만남은 대개 우연처럼 찾아온다. 그러나 시간이 흘러 그 만남을 되돌아보면, 그 우연이 사실은 운명이었음을 깨닫게 된다. 사람과 사람의 인연은 하나의 기적이다. 그 인연이 부부라는 이름으로 이어질 때, 삶은 전혀 다른 의미를 띠게 된다.

결혼은 단순히 두 사람이 함께 살아가는 제도가 아니다. 그것은 서로의 부족함을 채워주고, 함께 성장하며, 기쁨과 슬픔을 나누는 길고도 깊은 여정이다. 많은 사람들이 말한다.

"행복한 결혼의 비결은 완벽한 두 사람이 만나는 것이 아니라, 서로를 이해하고 포용하는 두 사람이 만나는 것이다."

부부의 인연은 처음부터 완성된 것이 아니다. 설렘으로 시작하지만, 그 설렘만으로는 긴 세월을 버티기 어렵다. 진정한 부부란 수많은 갈등과 오해를 마주하며, 그 속에서 조금씩 서로를 이해하고 존중하며 빚어가는 것이다.

나와 집사람의 만남도 그랬다. 처음엔 그저 청춘의 우연한 인연이었지만, 돌이켜보면 그것은 우리 인생을 바꾸어 놓을 필연이었다.

어린 시절부터 나는 인천 숭의동 근처에서 친구들과 어울리며 지냈다. 졸업 후에도 우리는 자주 모여 함께 놀고, 음악을 듣고, 때로는 미팅도 주선하며 젊음의 에너지를 마음껏 발산했다. 그 모임

중 하나가 내 인생의 전환점이 되었다.

포도밭과 복숭아밭이 끝없이 펼쳐진 인천 근교의 과수원. 지금처럼 도시화가 진행되기 전이라, 그곳은 소박하고 평화로운 시골 풍경을 간직하고 있었다.

그날 우리는 야유회를 겸한 미팅을 열었고, 그 자리에서 나는 처음으로 지금의 집사람을 만났다.

많은 사람들 속에서 단짝 파트너로 짝지어진 그녀와 함께 웃고 게임을 하던 시간이 아직도 선명하다. 단체 사진 속에서 그녀와 나란히 서 있던 그 순간, 알 수 없는 설렘이 마음 깊숙이 피어올랐다.

이후 우리는 자연스럽게 연락을 주고받으며 다방에서 차를 마시고, 소소한 일상 이야기를 나누며 조금씩 가까워졌다.

하지만 청춘의 사랑은 흔들리기 쉽다. 대학 공부와 각자의 바쁜 일상 속에서 우리의 만남은 점점 뜸해졌고, 어느새 서로의 삶 속에서 멀어졌다. 그렇게 2년쯤 흐른 뒤, 우리는 서로에게서 거의 잊혀져 가고 있었다.

그러나 인연은 한 번 맺어지면 쉽게 끊어지지 않는 법이다.

ROTC 후보생으로 입단하던 해, 입단 환영회에 여성 파트너를 반드시 데려와야 한다는 약속이 있었다. 누구를 초대해야 할지 고민하며 서울역에서 고속 버스를 타고 인천으로 내려가던 그 날, 우연히 그녀와 다시 마주쳤다. 그녀는 예전보다 한층 성숙해진 모습이었다. 나는 잠시 망설였지만 용기를 내어 부탁했다.

"혹시 내 파트너로 함께 가줄 수 있겠어?"

그녀는 미소 지으며 흔쾌히 수락했다.

그날 이후 우리의 인연은 다시 시작되었다. ROTC 행사, 야외 수업, 사진 촬영 수업에 함께하기도 하였고, 같은 인천에 살면서도 멀리 떨어져 있는 집을 오가며 늦은 밤 골목길까지 함께 걸었다. 외등 불빛 아래 그녀를 배웅하던 그 길의 따뜻함은 아직도 마음에 남아 있다.

처음 그녀의 집을 방문했을 때의 긴장감도 잊을 수 없다. 한옥 마루에 앉아 장인, 장모님의 질문에 어색하게 대답하며 떨리던 그 순간.

장모님이 건네주신 빨간 홍시 몇 개를 접시에 담아 받으며, 마치 "넌 이제 우리 가족이 될 사람"이라는 말을 전해 들은 듯 가슴이 벅차올랐다. 외동딸을 둔 부모님께 내가 특별한 존재가 될 수밖에 없음을 느꼈다.

그렇게 우리의 인연은 끊어질 듯 이어졌고, 마침내 한 가정을 이루는 굳건한 결속으로 발전했다. 돌이켜보면 모든 것은 운명이었음을 깨닫는다.

함께 맞선 고단한 날들, 그리고 그 안의 빛

졸업 후 나는 소위로 임관해 아래 지방에 있는 보병학교에서 훈련을 받았다. 훈련을 마칠 무렵 훈련이 힘든 부대 배치 소식을 들었을 때, 가슴 한켠이 두려움으로 차올랐다.

낙하산 훈련, 전방 근무, 그리고 혹독한 훈련들. 젊음의 열정만으로는 감당하기 힘든 순간들이었다.

그러나 그 모든 두려움 속에서도 나를 지탱해 준 건 집사람의 존재였다.

우리는 소위 시절 결혼을 결심했다. 부대 근처 시골에서 신혼살림을 시작했는데, 겨울엔 연탄가스 중독의 위험과 싸우며 추운 방을 버텨야 했다. 가난하고 불편한 생활이었지만, 함께였기에 견딜 수 있었다.

눈보라가 몰아치던 포천의 겨울밤, 두 손을 꼭 잡고 연탄불 앞에 앉아 서로의 체온으로 버티던 그 시절은 내 인생에서 가장 소중한 기억으로 남아 있다.

군 생활을 마친 뒤 우리는 부모님과 함께 살다가 제물포, 부천을 거쳐 서울 중계동으로 이사했다. 아이 둘을 키우며 IMF 외환위기의 격랑도 함께 겪었다.

그 어려운 시기에도 집사람은 알뜰하고 현명하게 살림을 꾸렸다. 분당으로의 이사는 많은 사람들을 놀라게 했다. "IMF 시대에 어떻게 집을 사고 이사까지 할 수 있었냐"고 묻는 이들도 많았다.

하지만 그것은 단순히 운이 아니었다. 그녀의 지혜와 끝없는 희생, 그리고 가족을 향한 사랑이 만든 결과였다.

내가 디자인진흥기관에서 27년을 근무하며 본부장으로 퇴직하고, 이후 대학에서 강단에 서기까지 집사람은 한결같이 내 곁을 지켰다. 그러나 그 무렵, 아내의 가슴에서 종양이 발견되었다.

큰 수술과 긴 회복의 시간은 우리 가족에게 또 한 번의 시련이었다. 그녀는 두려움과 고통 속에서도 평정심을 잃지 않았다. 그 모습은 내게 평생 잊을 수 없는 기억일 것이다.

10여 년의 시간이 흐른 지금, 완쾌되어 아침마다 아파트 피트니스 센터에서 운동을 한다. 매일 오전 7시면 어김없이 운동을 나가는 모습은 오늘도 변함없다.

나는 아직도 가끔 게으름을 피우지만, 아내는 늘 단호하게 말한다. "당신 건강은 당신이 챙겨야 해. 나중에 아프면 내가 간병 안 해줄 거야." 농담 같지만, 그 말 속에는 진심이 담겨 있다.

그녀의 말은 내 삶을 돌아보게 하는 작은 경고이자 사랑의 표현이다.

45년의 세월, 그리고 감사의 고백

세월은 눈 깜짝할 사이에 흘렀다. 어느덧 우리는 결혼 45주년을 맞았다.

그 사이 우리는 IMF의 폭풍, 아이들의 성장과 독립, 직장에서의 성공과 좌절, 그리고 병마와의 싸움까지 수많은 굴곡을 함께했다.

성격은 서로 다르다. 나는 집사람에 비하면 종종 느긋하고 어수선하지만, 그녀는 깔끔하고 단호하다.

우리 집에 오는 사람들은 늘 말한다.

"여기는 모델하우스 같아요."

주방에는 그릇 하나조차 드러나 있지 않고, 책상 위에 쌓인 물건도 허락되지 않는다. 아이스크림 봉지를 까면 즉시 버려야 하고, 남겨두면 잔소리가 쏟아진다.

세월이 흐르며 나는 점점 더 약해져 가고, 그녀는 점점 더 강인해져 가고 있다.

그러나 그 차이는 우리가 서로를 지탱하며 살아온 흔적이자, 오랜 부부의 균형일 것이다.

무엇보다 나는 늘 감사하다.

집사람은 나의 인생을 지탱한 가장 큰 힘이었다. 내가 사회에서 좌절하고 흔들릴 때마다, 그녀는 묵묵히 나를 감싸 주었다. 경제적으로 넉넉하지 않은 살림을 알뜰히 꾸리며 가족의 중심을 지켜낸 그녀의 모습은 늘 한결 같았다.

심리학자 존 가트맨은 이렇게 말했다.

"거창한 이벤트보다 일상 속의 작은 친절과 애정 표현이 관계를 지탱한다." 갈등을 해결하려는 작은 행동들을 자주 보여야 한다는 것이다

완벽한 부부는 없다. 다만 서로를 이해하고 노력하는 부부만 있을 뿐이다.

이 글은 단순한 남편으로서의 회고가 아니다. 그것은 한 여인의 강인함과 헌신, 그리고 부부라는 이름으로 함께 걸어온 인생길에 대한 작은 이야기다.

세월이 흐르며 깨닫는다. 부부란 서로의 거울이며, 서로의 쉼터라는 것을 45년의 세월에 점점 나이가 들면서 느껴지고 있는 것이다.

앞으로의 날들은 길다면 아주 긴 시간의 연속일 것이다. 많이 지나온 시간들을 잠시 생각해보면 그간의 생활 속에서 불만을 토로하며 불편함을 표현하였지만 작은 일에도 고마움에 대한 표시는 하여 본적이 없는 것 같다.

지금 과거의 일들을 기억하고 끌어내며 이 글을 쓰고 있는 것은 남은 날들을 더 따뜻하게, 더 성실하게, 더 깊이 감사하며 살아가기 위한 것임이 분명할 것이다.

첫딸의 이야기

어린 딸, 나의 기쁨과 아픔

인생에서 어떤 장면은 시간이 흘러도 선명하게 남는다. 첫딸을 처음 품에 안았던 그날이 바로 그런 순간이었다. 군 생활을 하던 26살, 또래보다 빠른 나이에 결혼을 하고, 그 이듬해 곧장 아버지가 되었다.

동기들이 여전히 대학원에 다니거나 사회 초년생으로 분주하게 살던 시절, 나는 이미 기저귀를 갈고 아기의 울음소리를 듣는 삶을 시작했다. 친구들 앞에서는 '벌써 아버지가 됐다'며 놀림을 받기도 했고, "나중에 할아버지 소리 먼저 듣겠다"는 말에 쑥스럽게 웃었던 기억도 있다.

하지만 내 품에 안겨 있던 작은 생명, 그 아이가 나의 첫딸이라는 사실은 그 모든 농담을 뛰어넘는 현실이었다.

그 시절 우리 가족이 살던 곳은 인천 제물포 근처의 이층 전셋집이었다. 비좁고 낡았지만, 그 안에는 세상에서 가장 따뜻한 보금자리가 있었다.

걷기 시작 하는 작은 딸의 재롱과, 작은 손으로 내 손가락을 꼭 쥘 때마다, 그 작은 손안에 내 인생 전체가 들어 있는 듯한 벅참이 밀려왔다.

그러나 행복만 있었던 것은 아니다. 딸이 커가는 어느날, 뜨거운 물에 다리를 데이는 사고를 당했다. 그 작은 몸이 화상으로 붉게 달아올라 울음을 터뜨리던 순간, 아버지로서 느낀 죄책감과 슬픔은 말로 다 할 수 없었다.

병원에서 치료를 받으며 오랜 시간을 입원해야 했는데, 집사람은 하루 종일 곁에서 간호했고, 나는 병원 복도에 앉아 쪽잠을 자며 창밖을 바라보았다. 세상은 여전히 아무 일 없다는 듯 흘러가는데, 우리 가족은 그 작은 병실 안에서 하루하루를 버텨내고 있었다.

시간이 지나면서 딸은 놀라울 만큼 강한 회복력을 보였다. 상처는 서서히 아물고, 다시 뛰고 웃으며 세상과 화해했다. 아이의 회복은 부모에게 또 다른 희망이었다.

인간의 몸은 연약하지만, 마음은 상처 위에서도 다시 피어날 수 있다는 걸 아이를 통해 배웠다. 그때 알았다. 아이를 키운다는 것은 단순히 먹이고 재우는 일이 아니라, 고통을 함께 나누고, 그 속에서 부모와 아이 모두가 성장하는 일이라는 것이다.

어린 시절의 그 시련은 훗날 딸이 두 아이의 엄마가 되어 삶의 무게를 견뎌낼 수 있는 밑거름이 되었음을 나는 지금에야 확실히 알 수 있다.

딸은 원래 조용한 성격이었다. 남 앞에 나서기보다는 묵묵히 자신의 일을 해내는 아이였다. 유난히 참을성이 많았고, 고통을 겪으면서도 불평하지 않았다. 어린 나이에 큰 어려움을 이겨낸 그 모습은 이미 그때부터 그녀가 강인한 사람으로 성장하고 있음을 보여주고 있었다.

성장과 사랑, 그리고 가정을 꾸리다

세월은 흘러 딸은 성장했고, 나와 같은 산업디자인을 전공하게 되었다. 그 선택이 아버지를 닮고 싶어서였는지, 아니면 우연이었는지는 잘 모르겠다. 고등학교 2학년 되던 때부터 디자인을 하겠다고 해 서울 신사동에서 가장 잘 나가는 대학 동기 미술학원을 다니기 시작한 것이다.

친구가 1주일 실기를 진행해 보면 할 사람 못할 사람 구분이 되니 시켜 보겠다고 하여 지켜보았으나 끈기도 있고 관심을 갖는 것으로 보아 미술을 시키라고 하여 저녁마다 그 학원을 다니게 하였다. 그때는 집이 중계동이라 멀기도 하였다.

어릴 때부터 무엇인가 그림을 그리고 만들고 하는 일은 남다른 솜씨가 있다고 생각되어 나와 집사람은 잘 할거라 확신을 하고 있었다. 지금도 집의 구석에는 딸이 만들어 놓은 그림이 있다.

내 삶을 이어받아 또 다른 세대가 같은 꿈을 꾼다는 것은, 부모로서 한편으로는 걱정이고, 다른 면으로는 관련 일을 하니 도울 수 있다는 안심이었다.

대학에서 공부하던 딸은 결국 같은 분야에서 일하던 청년을 만나 사랑을 키워갔다. 두 사람은 함께 고민하고 웃으며 미래를 그렸고, 결국 가정을 꾸렸다. 딸은 지금은 두 아이의 엄마가 되었다.

졸업 후, 딸은 디자인 회사에 들어가 열심히 일했다. 하지만 현실은 녹록지 않았다. 늘 촉박한 마감, 끊임없이 쏟아지는 업무, 늦은 밤까지 이어지는 작업… 체력적으로, 정신적으로 큰 부담이었다. 사실 그 회사는 내가 아는 인연으로 소개해 준 자리였다.

그래서 딸은 더 힘들어도 아버지에게 불평 한마디 하지 못했다고 한다. 훗날 딸의 고백을 듣고 마음이 철렁했다. "아빠가 소개해 준 회사라 힘들다는 말을 차마 할 수 없었어요." 그 말을 들었을 때, 아버지로서 미안함이 크게 밀려왔다. 좋은 기회라 생각했지만, 오히려 딸에게는 무거운 짐이었음을 깨달은 것이다.

결국 아이를 낳고 가정을 꾸리면서 딸은 디자인 활동을 접게 되었다. 누군가는 '그만두었다'고 말하겠지만, 나는 그렇게 생각하지 않는다. 오히려 더 큰 역할, 더 값진 사명을 맡은 것이다.

두 아이의 엄마로서, 가족을 지켜내는 길은 그 어떤 직업보다도 무겁고 숭고하다. 월급도, 성과표도 없지만, 엄마의 사랑과 헌신 없이는 그 어떤 가정도 존재할 수 없다. 딸은 그 길을 기꺼이 걸어가고 있었다.

이제 딸은 어느덧 마흔을 넘겼다. 내 품에서 뛰놀던 어린아이가, 이제는 고등학교에 다니는 아들과 초등학교 다니는 딸을 둔 엄마가 되어 있다. 세월의 흐름 앞에서 나는 종종 멍해진다.

언제 이렇게 시간이 흘렀을까. 언제 이렇게 아이가 자라버렸을까. 하지만 손주들과 함께 웃고 있는 딸의 얼굴을 보면, 세월의 무게보다도 삶의 축복이 더 크게 다가온다.

두 아이의 엄마로서, 그리고 아버지의 감사

지금의 딸은 더 이상 디자인 회사에서 밤을 새우는 직장인이 아니다. 대신 교회에서 목사님의 적극적인 추천으로 전산회계 자격증을 따내어 수기 작업의 회계업무를 전산화하여 경리 업무를 맡고 있다.

평일에는 평범한 직장인과는 다른 시간대에 맞춰 아침 일찍 출근하고, 주말에도 교회 일로 바쁘다. 일상은 여전히 고단하지만, 딸은 묵묵히 그 길을 걸어간다.

그 이전에는 아이들의 학원비를 벌기 위해 파트타임 일을 병행하기도 했으나 지금의 안정적인 일은 늘 감사하고 힘들어도 잘 견딜 수 있는 일이라 생각하고 있다. 가족을 위해 흘리는 그 땀방울이 얼마나 값지고 아름다운 것인지, 나는 누구보다 잘 알고 있다.

아이 둘을 키우며 맞벌이까지 해내는 삶은 결코 쉽지 않다. 사교육비는 끝이 없고, 아이들이 자라면서 필요한 비용은 계속 늘어난다. 그러나 그녀는 단 한 번도 불평하지 않았다. "힘들지만 감사해요." 그것이 딸의 입버릇이었다.

나는 그 말을 들을 때마다 마음이 숙연해졌다. 감사는 상황이 아니라 태도에서 비롯된다는 것을 내 딸을 통해 다시 배웠다. 다른 이들의 눈에는 평범한 주부이자 직장인일지 모르지만, 내 눈에는 세상에서 가장 강인한 전사이자 가장 아름다운 또 다른 엄마인 것이다.

딸은 세상의 중심이 자신이 아니라 가족임을 알고 있었다. 그것은 희생이 아니라 성숙이었다. 부모가 자식을 위해, 자식이 부모를 이해하며, 다시 그 자식이 또 다른 생명을 품는 일련의 순환 속에서 인간은 진짜 어른이 된다. 나는 요즘 문득 그런 생각을 한다.

부모의 사랑이란 앞에서 끌어주는 힘이 아니라, 뒤에서 조용히 밀어주는 바람 같은 것이다. 아이가 넘어질 때 곁에 서 있고, 다시 일어설 때 한 발 물러서는 지혜가 바로 사랑의 완성이다.

돌아보면 첫딸은 언제나 내게 감사와 현실을 일깨워 주는 존재였다. 어린 시절의 사고와 고통도, 디자인 회사에서의 고생도, 지금의 분투도 모두 지나온 발자취이지만, 그것들은 그녀를 더욱 단단하게 만들었다.

이제 그녀는 내 곁에 의지하는 어린 딸이 아니라, 두 아이의 엄마로서, 가족을 지켜내는 든든한 기둥이 되어 있다.

나는 아버지로서 늘 고맙고, 또 미안하다. 힘든 세상 속에서 웃음을 잃지 않고 살아가는 모습, 가족을 위해 자신을 아낌없이 내어 주는 모습은 그 어떤 말로도 다 표현할 수 없는 감사 그 자체다. 딸의 삶이야말로 나에게는 힘과 의지를 불러일으키고 있는 것이다.

이제 나는 안다. 아이에게 남길 수 있는 가장 큰 유산은 재산도, 명예도 아닌 '살아온 방식'이라는 것이다. 딸이 내게서 배운 것이 있다면, 그것은 아마 '끝까지 포기하지 않는 마음'일 것이다.

그리고 내가 딸에게서 배운 것은 '감사와 인내의 힘'이다. 세대는 그렇게 서로를 가르치며, 보이지 않는 끈으로 연결되어 있다.

감사의 마음

갑작스러운 소식, 두려움 속의 시작

2021년 3월 6일 토요일, 손주의 두 돌을 맞아 온 가족이 모였다.

우리는 롯데월드 아쿠아리움으로 향했고, 그곳에서 점심을 함께하고 오후 내내 손주가 신나게 물고기를 구경하며 웃는 모습을 지켜보았다.

아이의 작은 손이 유리벽 너머의 물고기를 향해 팔랑거리던 그 모습은 그 자체로 우리의 기쁨이었다.

저녁까지 함께하며 행복한 시간을 보내고 7시 무렵 헤어졌을 때만 해도, 우리에게 곧 닥쳐올 폭풍을 아무도 예감하지 못했다.

그 후 월요일과 화요일까지는 평범한 일상이 이어졌다. 그러나 수요일인 3월 10일, 나는 조치원에 있는 학교로 향하는 열차 안에서 아내의 전화를 받았다.

"여보, 큰일 났어… 며느리가 코로나 확진 판정을 받았대."

순간, 머릿속이 하얗게 비워졌다. 그저 뉴스 속 이야기였던 코로나가 이제 우리 가족의 현실로 들이닥친 것이다.

아들네 가족과 우리는 물론, 사돈댁까지 모두 보건소의 지침에 따라 곧바로 검사를 받았다. 며느리와 함께 있던 아들도 양성 판정을 받았고, 사돈댁의 큰딸과 사위 역시 양성 확정. 다행히 다른 가족들은 음성이었지만, 모두가 밀접 접촉자로 분류되어 자가격리에 들어가야 했다.

며느리가 확진된 경로는 회사 회의 자리였다. 합병 관련 미팅에서 외부인과 접촉했는데, 그중 두 명도 확진 판정을 받았다고 했다. 우리는 그 소식을 들으며 깊은 한숨을 내쉬었다.

평범한 회사 업무가 이렇게 큰 파장을 일으킬 줄 누가 알았겠는가. 다행히도 손주는 음성이었다. 엄마 아빠가 확진되었음에도 불구하고 그 작은 몸은 건강을 지켜냈다.

급히 근처에 사시는 외할머니 댁으로 손주를 옮겨 피신시켰다. 하지만 그마저도 오래 갈 수 없었다. 외할머니가 몸이 좋지 않아 돌볼 수 없게 되었기 때문이다.

우리 부부가 직접 데리러 갈 수도 없었다. 자가격리자라는 이유로 위치 추적이 이루어지고 있었기 때문이다. 결국 용인에 살던 딸에게 부탁할 수밖에 없었다.

낯선 밤길을 달려가, 방호복도 없이 두 돌 갓 지난 어린 손주를 차에 태우고 그것도 추운 날인데 혹시나 감염 우려로 창문을 조금 열어 놓은 채 우리 집으로 데려오는 그 길은 긴장과 두려움의 연속이었다.

오는 도중은 너무 긴장되어 집에서 기다리는 가족들과 통화도 못하고, 도착했을 때의 안도감은 이루 말할 수 없었다.

손주는 차 안에서 잠든 채 도착했고, 우리 아파트 현관 앞에서 보따리와 함께 조심스레 인수 받았다. 손주의 짐은 적지 않았다.

옷이며 장난감, 그리고 많은 양의 기저귀였다.

중학생 아들과 일곱 살 딸을 둔 딸에게 너무나 고마웠다. 그녀의 헌신 덕분에 그날의 위기가 넘길 수 있었다. 주변에 있는 사람들은 내일 학교 갈 학생들이 있는데 가면 안된다고 말리기도 했다고 한다

우리는 문밖에서 손주와 짐을 인계받으며 눈시울이 뜨거워졌다. 집 안으로 들어오지 못하고 문 밖에서 곧장 발길을 돌려야 했던 딸의 뒷모습이 아련하게 남아있다

현관 앞에서 가지고 온 짐들을 소독하고 닦아 내고 입고 온 옷을 갈아입히고 정신없이 지나다 보니 손주가 눈이 휘둥그래졌다. 코로나가 무엇이지도 모르고 엄마 아빠와 헤어져야 한다는 상황을 어찌 이해하겠는가?

그날 새벽, 손주는 처음 만난 공간에서 힘겹게 울음을 삼키다 지쳐 잠이 들었다.

가느다란 울음소리가 우리의 마음을 찢어 놓았지만, 우리는 그저 감사할 뿐이었다. 비록 힘든 상황이지만, 모두가 아직 살아 있고 함께 있다는 사실만으로도 말이다.

손주와 함께한 격리의 14일

격리는 목요일부터 시작되었다. 두 돌을 갓 넘긴 손주와 우리 부부, 단 세 사람이 집 안에서 24시간 함께해야 하는 2주가 시작된 것이다.

아들과 며느리는 확진자 전용 격리 시설인 태릉 선수촌 근처로 이송되어 함께 지내게 되었다.

다행히 증상은 심하지 않아 조금씩 회복 중이라는 연락을 받았다. 하지만 우리에게는 눈앞의 작은 생명이 더 큰 과제였다.

낯선 공간에서 부모와 떨어진 손주는 처음엔 울음을 참으려 애쓰는 듯 보였다. 엄마, 아빠를 찾는 힘겨운 속삭임 같은 울음소리가 새벽 공기를 울렸다.

그러나 다음 날부터는 그 작은 몸은 곧 이해라도 한 듯, 스스로 잠자겠다고 건너 방에서 혼자 자겠다고 해 우리를 놀라게 했다. 그리고 혼자 재웠다.

어린아이가 이렇게 상황을 받아들이고 버텨낼 수 있다는 사실이 경이로웠다. 하루 일과는 고단했다.

손주를 먹이고, 놀아주고, 씻기고, 따라다니며 감시하고…. 아내와 나는 모든 일을 나누어 맡으며 쉼 없이 움직였다. 영화나 TV를 볼 여유는커녕 숨 돌릴 틈조차 없었다.

도착 다음날, 손주의 체온이 37도를 넘어 미열을 보였을 때는 가슴이 철렁 내려앉았다. 다행히 오래가지 않아 열이 내려 한숨 돌릴 수 있었다.

이 작은 생명을 지키기 위해 우리는 최선을 다했다. 손주는 놀랍도록 잘 견뎌주었다. 말도 잘하지 못하는 어린 나이였지만, 눈치가 빨라 상황을 이해하는 듯 보였다.

울지 않고, 스스로 장난감을 만지며 놀고, 스스로 잠들기도 했다. 마치 우리에게 "괜찮아요, 할머니 할아버지"라고 말하는 듯했다.

나는 그 모습을 보며 깨달았다. 아이와의 관계는 단순히 돌봄이 아니라 '소통'이라는 것이다. 아이의 생활 패턴과 행동을 이해하고, 그 속에 담긴 감정을 읽어내야만 한다는 것을 말이다.

짧지만 깊은 이 시간은 우리에게 손주를 단순히 '돌보는 존재'가 아니라, 함께 살아가는 동반자로 느끼게 했다.

아들과 며느리는 시설에서 함께 생활하며 조금씩 건강을 되찾았다. 비록 몸은 떨어져 있었지만, 전화와 영상통화로 서로의 마음을 이어갔다.

손주가 자라는 모습을 그들이 보며 미소 지을 때, 우리는 다시 힘을 낼 수 있었다. 그리고 나는 이 시간 동안 새삼 감사함을 배웠다.

가족들이 서로를 위해 자신의 두려움을 내려놓고 함께 책임지는 모습에 감사했다. 국가의 방역 시스템과 공무원들의 세심한 관리에도 감사했다.

하루에도 여러 차례 걸려오는 안부 전화와 세심한 안내, 구호 물품 전달은 우리의 불안을 덜어주었다. 택배 시스템에도 처음으로 깊이 감사하게 되었다.

손주의 필요 물품과 음식이 신속하게 배달되며 우리의 생활을 지탱해주었기 때문이다. 그리고 무엇보다, 어린 손주가 이 모든 상황을 놀랍도록 잘 받아들이고 견뎌내 준 것에 감격했다.

아이패드를 스스로 다루며 조조나 타요 버스를 보고, 광고도 건너뛰며 제 세계를 만드는 모습은 그저 놀라웠다.

이 14일은 단순한 격리 기간이 아니었다. 그것은 가족의 사랑과 헌신이 어떤 모습으로 나타나는가를 보여주는 시간이었다.

아이가 부모와 떨어져도 울지 않고 버틸 수 있었던 것은, 그 마음속 깊이 우리가 주는 사랑과 안정감이 자리하고 있었기 때문이다.

몇 마디 못하는 놈을 집으로 돌려보낼 때 인사하며 마지막 한 말이 기억난다.

"여기 할미 할비와 같이 있으면서 많이 답답하고 힘들었지? 그러니..집에 가면 말을 빨리 배우고 다음에 보자" 했더니 아무말도 못하고 눈만 깜빡깜빡하며 그래도 알았는지 고개를 끄덕이고 엄마 아빠와 같이 차를 타고 갔다.

그리고 얼마 지나 모처럼 통화를 했다. 깜짝놀랐다. 정확한 발음으로 까랑까랑한 남자 목소리가 들린다.

"할아버지! 마..니..보고시퍼요..."

순간, 나는 아무 말도 못했다!

코로나가 남긴 교훈과 감사의 마음

격리 마지막 날 밤, 나는 깊은 생각에 잠겼다. 코로나라는 거대한 파도는 전 세계를 휩쓸았다.

뉴스에서는 매일 확진자 수와 사망자 소식만이 쏟아졌다. 하지만 그 모든 숫자 뒤에는 이렇게 각자의 가족 이야기와 눈물이 숨어 있었다. 이번 일을 겪으며 나는 세 가지 큰 교훈을 얻었다.

첫째, 가족의 소중함이다.

우리는 종종 바쁘다는 이유로 가족을 뒤로 미룬다. 그러나 위기의 순간, 우리를 지탱해주는 것은 결국 가족뿐이다.

"가족은 인생의 첫 번째 학교이며, 마지막 보루다."
이 말처럼, 가족은 우리가 살아가는 이유이자 삶의 힘이다.

둘째, 건강의 중요성이다.

아무리 많은 재산과 명예가 있어도 건강을 잃으면 아무 소용이 없다. 특히 코로나는 우리에게 면역력의 소중함을 일깨워 주었다.

"건강은 잃고 난 후에야 그 가치를 깨닫는다."
우리는 이제 건강을 단순히 개인의 문제가 아닌 공동체의 책임으로 생각해야 한다.

셋째, 감사의 마음이다.

이번 경험은 나에게 감사할 이유가 얼마나 많은지를 깨닫게 해

주었다. 가족, 국가, 의료진, 그리고 평범한 일상의 모든 것들까지….

평소 당연하게 여겼던 것들이 사실은 모두 감사의 선물이었다.

"우리가 누리는 모든 평범함은, 누군가의 희생 위에 세워진 기적이다."

코로나는 우리 삶을 송두리째 바꿔놓았다. 그러나 그 혼란 속에서도 우리는 배우고 성장할 수 있었다. 손주와 함께한 2주는 나에게 단순한 돌봄의 시간이 아니라 사랑과 인내, 그리고 성찰의 시간이었다.

격리가 끝나던 날, 나는 현관문을 박차고 나와 밝게 빛나는 햇살을 바라보며 마음속으로 이렇게 다짐했다.

"이제는 불평하지 말자. 모든 것을 받아들이고 감사하자." 그리고 손주를 품에 안으며 속삭였다.

"우리가 함께 견뎌냈단다. 너의 웃음이 우리 가족의 희망이야." 코로나가 남긴 상처는 깊지만, 그 속에는 새로운 시작을 위한 씨앗도 있다. 우리는 그 씨앗을 정성껏 키워야 한다.

그리고 다시는 이와 같은 위기가 찾아오지 않도록 서로를 지키며 살아가야 한다.

바이블의 한 구절처럼,

"죽을 때가 있고 살릴 때가 있으며, 울 때가 있고 웃을 때가 있으며, 슬퍼할 때가 있고 춤출 때가 있다."

우리는 지금 살아 있음의 의미를 깊이 새기며, 다시 웃을 날을 향해 나아가야 한다.

코로나가 우리에게 남긴 마지막 메시지는 어쩌면 이것일지 모른다.

"삶은 당연한 것이 아니다. 모든 순간은 선물이다. 그러니 사랑하고, 감사하며 살아가라."

그리고 그 진리를 가슴에 품은 채, 나는 오늘도 감사의 기도를 올린다.

세대를 잇는 사랑

마음으로 세우는 집, 세대의 시작

가정은 한 사람의 마음에서 시작된다. 1981년, 화려한 장식도, 값비싼 예복도 없었지만 서로의 눈빛만으로 다짐했던 작은 결혼식이 있었다. 그날 우리는 부부가 되었고, 세상에서 가장 작은 공동체인 '집'을 세웠다.

신혼살림은 넉넉하지 않았으나, 함께 먹는 따뜻한 밥 한 끼와 서로의 손길이 그 어떤 부잣집보다도 풍요롭게 느껴졌다. 시간이 흘러 딸과 아들이 태어나면서 집은 점점 더 북적거렸지만, 그 북적임은 불편함이 아니라 확장된 사랑이었다.

아이가 울면 온 가족이 함께 깨어났고, 첫 걸음을 떼던 날에는 온 동네가 축제가 되었다. 그때 깨달았다. 집의 크기는 면적이 아니라 마음의 넓이로 결정된다는 사실이다. 작은 방 한 칸도 사랑으로 가득 차면 세상에서 가장 넓은 공간이 된다.

아내는 외동딸이었다. 장모님은 기독교 신앙심도 깊은 분이셨고, 자식을 향한 간절한 마음을 오래된 전통과 믿음으로 표현하곤 하셨다.

결혼 후, 아내의 속옷에서 우연히 발견한 작은 금속 주머니 하나. 그 안에는 길쭉한 금속 조각이 들어 있었는데, 그 정체를 알게 된 것은 한참 뒤였다. 장모님이 '아들을 낳기를 바라는' 소망을 담아 딸에게 건넨 기도의 상징이었다.

그것이 실제로 아들을 데려다준 것인지 알 수는 없지만, 분명한 것은 그 속에 담긴 사랑과 간절함이었다. 세대와 세대를 잇는 마음은 보이지 않는 다리가 되어 다음 세대를 향해 이어진다.

괴테는 이렇게 말했다.

"사람은 말이 아니라, 자신이 어떤 존재인가로써 아이를 가르친다."

부모는 자녀들의 교육을 위해서는 가르침이 아니라 부모의 삶으로 보여주는 것이 좋은 교육방법이라고 한다. 동시에 세상으로 자유롭게 날아가도록 밀어 주어야 한다. 사랑은 거창한 사건이 아니라, 매일의 작은 선택과 반복으로 세상을 바꾼다.

선택의 시간, 그리고 뒤에서 빛을 들어 주는 부모

아이들은 생각보다 빨리 자란다. 어느 날 갑자기 사춘기가 찾아오고, 진로에 대한 질문이 공기처럼 집안 곳곳에 떠다니기 시작한다. 그 시절 부모는 조급해지기 쉽다. 우리도 그랬다.

아들이 중학교 3학년이 되기 전, 우리는 큰 결심을 하고 분당으로 이사를 감행했다. 새로운 도시와 입시 경쟁 속으로 뛰어드는 것이 두려웠지만, "지금의 불편함이 앞으로의 기회가 되길" 바라는 마음 하나로 선택한 길이었다.

아들은 건축학과에 진학했다. 나의 디자인 배경이 영향을 준 선택이었다. 하지만 2학년에 올라간 아들은 조심스레 말했다.

"아빠, 저는 설계보다는 구조 쪽이 더 맞는 것 같아요."

그 말에 마음이 잠시 흔들렸지만 곧 깨달았다. 진로는 부모의 계획이 아니라 아이의 호흡에 맞춰야 한다는 것이다. 결국 아들은 건축공학으로 전과했고, 그 선택은 그의 삶을 지탱하는 중요한 발판이 되었다.

입영 통지서를 받던 날, 나는 아들에게 늘 "군대는 힘들어야 정신을 차린다"고 말해왔지만, 막상 머리를 짧게 깎은 아들의 모습을 보니 마음은 전혀 달랐다. 덜 춥고, 덜 다치고, 덜 힘들기를 바라는 간절함뿐이었다.

하지만 아들이 배치된 곳은 강도 높은 기갑부대였다. 훈련의 먼지를 뚫고 나온 그의 뒷모습은 이전과는 다른 단단함으로 빛났다.

사회로 돌아온 뒤에도 길은 순탄하지 않았다. 건설 경기가 얼어붙으며 취업의 문은 쉽게 열리지 않았다. 공무원 시험을 준비할까, 법무사 공부를 해볼까….

6개월 넘는 방황의 시간 동안 부모로서 우리가 할 수 있는 일은 '지켜보는 연습'뿐이었다.

아이가 넘어진 자리에 달려가 손을 잡아 일으켜 세우고 싶은 마음을 꾹 참는 일, 그것이 부모의 성장 과정이었다.

"우리는 아이의 길을 대신 깔아 줄 수는 없다. 다만 그 어두운 길 위를 걸어가도록 옆에서 빛을 들어 줄 수는 있다."

하지만 시간이 지나 경기가 조금씩 살아나자 아들에게도 기회가 찾아왔다. 여러 회사에 입사 원서를 넣고, 2~3주 간격으로 연달아 합격 소식을 들었다. 그중 최종적으로 선택한 회사가 지금까지 몸

담고 있는 대기업 건설사였다.

입사 초기, 아들은 해외 중동 아랍에미리트 파견 근무를 하게 되었다. 플랜트 건설 현장에서 2년 이상을 보내며 실무 경험을 쌓았고, 그곳에서 그는 훨씬 더 성숙해졌다.

가족과 떨어져 지내는 시간은 그에게 독립심을 키워주었고, 부모의 그늘에서 벗어나 홀로 서는 법을 배울 수 있는 소중한 기회였다. 귀국 후에는 국내 현장 근무를 하다 지금은 광화문 근처 본사에서 근무하고 있다.

그 과정에서 아들은 사랑하는 사람을 만났다. 금속공예를 전공한 며느리와의 결혼은 새로운 가족의 시작이었다. 작은 전세집에서 시작한 두 사람은 맞벌이와 육아를 병행하며 조금씩 기반을 다졌다.

손주가 태어나던 날, 나는 이름을 직접 지어주고 싶었지만 결국 전문 작명소를 찾아가게 되었다. 이름보다 중요한 것은 그 아이를 어떻게 부르느냐는 마음가짐임을 곧 깨달았다. 어느 날 아들이 엄마와 같이 있는 자리에서 엄마에게 물었다.

"엄마, 저도 어릴 때 이렇게 힘들게 키웠나요?"

그 질문 속에는 부모의 사랑을 새삼 깨달은 고백이 담겨 있었다. 사랑은 이렇게 세대를 건너 자신에게 되돌아온다. 그 이후 결혼을 못하고 있는 친구들에게 늘 한결 같이 말해준다. 무조건 기회 될 때 결혼은 꼭 시켜야 한다고...

세대를 잇는 사랑, 오늘의 작은 배려가 내일의 큰 사람이 된다

시간이 흐르면 시험지와 문제집은 사라지고, 다투던 이유도 흐릿해진다. 남는 것은 식탁 위의 따뜻한 국물, 늦게 돌아온 아이의 접시를 데워 주던 손길, 시험 전날 문틈으로 밀어 넣던 초콜릿 한 조각 같은 작은 장면들이다.

스위스 교육사상가 요한 하인리히 페스탈로치는 이렇게 말했다.

"가정은 인간이 배우는 첫 번째 학교이다."

가정은 교과서가 아닌 표정으로 가르치고, 시험이 아닌 기다림으로 평가하며, 상벌이 아닌 포옹으로 교육한다. 요즘은 결혼도, 출산도 선택의 문제가 되었다.

그 선택은 존중받아야 한다. 그러나 우리는 이렇게 말하고 싶다. 가족은 완성된 답안지가 아니라, 함께 풀어가는 문제집이다.

함께 산다는 것은 서로의 속도를 배우고, 각자의 상처를 보듬는 언어를 익히는 과정이다. 혼자일 때는 몰랐던 나의 습관이 가족 안에서 확장되고, 때로는 수정된다. 그 불편함 속에서 우리는 성장한다.

아들 내외가 자신들의 항구를 만들고, 손주가 그 항구에서 첫 발을 내딛는 모습을 바라보며 나는 깨닫는다.

부모는 그늘이자 햇살이고, 때로는 바람을 막는 둑이며, 때로는 더 멀리 나가도록 부는 순풍이다. 아이가 스스로 설 수 있게 되면,

부모는 한 걸음 물러나 뒤에서 햇살처럼 빛을 비춘다.

IMF 외환위기, 분당으로의 이사, 취업난과 해외 파견. 그 모든 시간이 지나고 보니 고난은 결국 미래의 문턱이었다. 오늘 우리가 오간 대화의 톤, 밥상 위의 반찬 순서, 서로를 부르는 호칭, 이 모든 것이 다음 세대의 인격으로 옮겨 심어진다.

"자기 가족을 돌보지 않는 사람은 다른 사람에게도 친절할 수 없다." 새뮤얼 존슨

이제 딸과 아들은 각자의 집에서 또 다른 배움의 시간을 보내고 있다. 우리는 멀리서 그들의 안녕을 빌며, 가까이서 그들의 선택을 지지한다.

아이들이 넘어질 때 달려가 잡아주되, 다시 혼자 걷도록 한 걸음 물러서는 법을 배우며. 그렇게 부모가 시작한 문장 뒤에 자식이 쉼표를 찍고, 손주가 느낌표를 남기며 이야기는 계속된다.

마지막으로 남는 다짐 하나. 오늘의 작은 예의, 작은 배려, 작은 응원이 내일의 큰 사람을 만든다. 가족 앞에서 먼저 "미안하다"고 말하고, 먼저 "고맙다"고 인사하자. 그 두 문장이야말로 세대를 잇는 최고의 방법일 것이다.

건강이 최고의 행복

건강이라는 가장 큰 축복

인생을 살아가며 우리는 더 많은 재산을 모으고, 사회적 성공과 명예를 얻기 위해 끊임없이 달린다. 하지만 그 모든 목표는 결국 한순간에 사라질 수 있는 덧없는 것임을 우리는 자주 잊고 살아간다.

아무리 많은 재산을 쌓아도 건강을 잃는 순간 그 모든 것은 무의미해진다. 그래서 어른들이 늘 말씀하시던 말씀이 있다.

"건강만 하다면 남 부러울 게 없다."

짧지만 묵직한 이 말은 단순히 몸을 돌보라는 교훈을 넘어, 삶의 본질을 꿰뚫는 진리이다. 나 역시 그 말을 수없이 되새기며 살아왔지만, 어느 날 손주 은준이를 통해 그 의미를 뼛속 깊이 체감하게 되었다.

손주 은준이는 지금은 누구보다 건강하고 활발하게 자라는 일곱 살이다. 책을 읽고 글을 쓰며, 태권도와 수영을 배우고 운동장에서 누구보다 힘차게 달린다.

하지만 불과 몇 해 전, 우리 가족은 두려움과 불안 속에서 하루하루를 버텨야 했다. 그 사건은 우리 가족의 삶을 송두리째 뒤흔들었고, 건강이야말로 인생에서 가장 큰 선물임을 절실히 깨닫게 해주었다.

2023년 10월 17일 목요일 오후 다섯 시, 평소처럼 활발하게 뛰어놀던 네 살짜리 은준이가 뛰어가다 발이 걸려 크게 넘어졌다는 급한 목소리의 전화를 받았다. 곧 심각한 상황임을 깨달았다. 눈 주변이 심하게 부어오르고 피가 흘렀다는 것이다.

급히 근처에 있는 을지병원으로 달려갔고, 응급 처치와 사진을 찍어 간단한 의사의 말씀은 괜찮을 것이다 라는 말을 들었으나 어린이 전문병원이 아니라 곧바로 서울대 어린이병원 응급실로 이송하자고 했다. 검사 결과는 마찬가지로 충격적이었다.

눈 주위 뼈가 골절되고, 뇌를 감싸는 막이 찢어져 피가 흘렀다고 한다. 다행히 뇌와 시신경에는 직접적인 손상은 없었지만, 염증 수치가 높아지거나 하면 위험할 수 있다고 경고도 듣고, 우선 지켜보자고 하며 우선 찢어진 눈꺼풀 안쪽을 봉합하는 수술을 진행했다.

응급실에서 중환자실로 이송되었고 엄마와 아빠는 밤새 눈물로 병원 복도를 서성이며 중환자실 문 앞을 지켰다. 면회는 하루 두 번, 단 20분만 허락되었고, 두 명만 들어갈 수 있었다.

나는 면회실 밖에서 초조하게 서성이며, 혹시나 아이가 부모와 떨어져 혼자 울고 있을까 봐 걱정으로 가슴이 저려 왔다. 하지만 놀랍게도, 은준이는 그 어린 나이에도 믿기 어려운 힘을 보여주었다.

중환자실에서 닷새 동안 부모와 떨어져 지내야 했던 은준이는 기저귀를 차고 있으면서도 간호사에게 "쉬 마려워요."라고 말해 모두를 놀라게 했다. 그리고 엄마 아빠가 잠시 면회로 들어왔을 때 링거 줄을 만지자 이렇게 말했다.

"이거 의사 선생님이 준건데 낫게 하는 약이에요. 만지면 안 돼요."

네 살이라는 나이가 믿기지 않을 만큼 차분하고 담대한 모습이었다. 간호사와 의사들 모두 감탄하며 "이 아이는 정말 강한 회복력을 가진 아이"라고 말했다. 그 모습은 두려움에 떨던 가족에게 큰 위로와 희망을 주었다.

치료가 잘 진행되어 가고 있었고 마지막에 MRI 촬영을 앞두고도 은준이는 스스로 "20분 동안 참을 수 있다"며 수면제 없이 촬영하겠다고 말했다. 어린아이의 입에서 나온 그 말은 놀라움과 감동을 동시에 안겼다.

결국 아이가 움직일까 걱정되어 수면제를 맞게 되었지만, 그 강인한 마음가짐은 어른들을 부끄럽게 만들었다.

그렇게 3주간의 치료가 이어졌고, 마침내 은준이는 퇴원을 맞이했다. 병원 문을 나서자마자 아무 일 없었다는 듯 활짝 웃으며 뛰어다니던 그 모습을 보며 처가 식구들이나 우리 가족 모두는 큰 숙제를 해결한 느낌이었다. 그때의 감사와 감격은 평생 잊을 수 없는 기억으로 남아 있다.

가족의 사랑과 삶의 교훈

시간은 흘러 어느덧 3년. 은준이는 놀라울 정도로 건강하게 성장했다. 태권도장에서 힘차게 발차기를 하고, 수영장에서 물살을 가르며, 운동장에서 친구들과 달리며 웃음을 터뜨린다. 그 모습을 볼 때마다 우리는 그날의 두려움과 불안이 거짓말처럼 느껴지며 감사의 기도를 올린다.

삶은 늘 예기치 못한 시련을 안겨준다. 평탄한 길을 걷던 중에도 돌발적인 폭풍이 몰아치듯 찾아오는 고난이 있다. 그러나 그 시련을 함께 견디고 나면, 가족은 더 단단해지고 사랑은 더 깊어진다. 은준이의 사고와 회복 과정은 우리 가족 모두에게 삶의 본질을 깨닫게 해주었다.

첫째, 건강은 인생의 기초다. 건강을 잃으면 모든 것을 잃는다. 아무리 많은 재산과 명예가 있어도 건강 없이는 그 어떤 것도 누릴 수 없다.

둘째, 가족은 서로의 치유자다. 아픔을 함께 나누면 그 고통은 절반으로 줄고, 기쁨을 나누면 두 배로 커진다. 은준이를 위해 울며 기도했던 그 시간들은 가족의 사랑을 더욱 단단히 묶어주었다.

셋째, 희망은 가장 깊은 어둠 속에서 빛난다. 우리가 두려움 속에 있었을 때, 은준이의 강인한 의지가 오히려 우리에게 희망의 등불이 되어주었다.

철학자 키에르케고르는 이렇게 말했다.

"인생은 과거를 되돌아보며 이해되고, 현재를 살아가며 경험되고, 미래를 향해 나아가며 완성된다."

우리가 겪은 고난은 단순한 불행이 아니라, 미래를 살아갈 힘을 주는 귀한 배움이었다. 그 시간은 우리 가족을 더욱 단단하게 만들었고, 감사라는 마음을 심어주었다.

또한 이 사건은 삶을 바라보는 시각을 완전히 바꾸어 놓았다. 우리는 그동안 성공과 성취를 위해 바쁘게 달려왔지만, 진정한 행복은 멀리 있는 것이 아니었다. 아픈 아이가 건강하게 웃을 수 있다면, 그것이야말로 가장 큰 기적이며 세상 어떤 부와도 바꿀 수 없는 축복이었다.

"이 또한 지나가리라."

이 말은 우리가 시련 속에서 가장 자주 되뇌었던 말이다. 좋은 일도, 나쁜 일도 모두 지나간다. 기쁨은 영원하지 않지만 슬픔도 영원하지 않다. 그렇기에 우리는 기쁨 속에서도 겸손해야 하고, 슬픔 속에서도 희망을 놓지 말아야 한다. 은준이의 회복 과정은 이 진리를 몸소 보여주었다.

지금도 나는 마음속으로 다짐한다.
"늘 감사하며 살자. 그리고 건강이라는 보석을 지키며 살아가자."

삶은 언제나 예측할 수 없는 여정이다. 하지만 사랑하는 가족이 함께라면 어떤 시련도 견뎌낼 수 있다. 그리고 시간이 흐른 뒤 남는 것은 두려움이 아니라 감사다.

건강하게 웃는 손주의 모습을 바라보며 나는 다시금 확신한다. 손주도 스스로 알 것이다. 건강의 귀중함을 알고, 고생한 부모님들을 알게 될 것이다.

"건강만 하다면 남 부러울 게 없다."

이 단순한 진리 속에 인생의 모든 해답이 숨어 있다. 삶의 고난 속에서도 사랑과 감사로 서로를 지켜내는 것, 그것이 바로 우리가 살아가는 이유이며, 가장 큰 행복일 것이다.

에필로그

다시, 삶의 길 위에서

이 책을 덮으며 나는 비로소 깨닫는다. 우리가 살아온 시간은 특별한 사건으로 이루어진 것이 아니라, 스쳐 지나간 듯 보였던 일상의 순간들로 차곡차곡 쌓여 왔다는 사실을.

창가를 건너던 오후의 빛, 말없이 건네받은 미소, 누군가와 나눈 따뜻한 한 잔의 시간 속에 삶의 진실은 조용히 숨어 있었다.

인생은 언제나 큰 소리로 말하지 않는다. 다만 충분히 가까이 다가왔을 때, 비로소 그 의미를 드러낸다.

삶은 결국 '함께'라는 단어 위에서 완성된다. 혼자의 힘으로는 닿을 수 없는 자리들이 있고, 그곳으로 우리를 이끄는 것은 관계의 힘이다.

우정은 청춘을 단단하게 만들고, 가족은 삶의 중심을 붙들어 준다. 사람과 사람이 마음을 나눌 때, 세상은 조금 더 견딜 만한 곳이 된다.

돌이켜보면 나의 시간은 언제나 사람을 이해하고, 관계의 온도를 배우는 과정이었다.

사소한 배려 속에서 아름다움을 발견하고, 느린 걸음 속에서 삶의 깊이를 알아가는 여정이었다.

자연은 늘 말없이 길을 보여주었다. 흐르는 물과 바람, 계절을 건너 다시 피어나는 꽃들은 완벽함보다 조화를, 소유보다 흐름을 가르쳐 주었다.

행복은 멀리 있는 목표가 아니라, 지금 이 순간 곁에 있는 사람과 나누는 온기 속에 있다는 것을. 세월이 흐른 지금, 나는 성공보다 평온이 더 귀하고, 쌓아 올린 것보다 함께 나눈 시간이 더 오래 남는다는 사실을 믿게 되었다.

이 책이 누군가의 삶을 바꾸지는 못할지도 모른다. 그러나 잠시 멈춰 숨을 고르고, 오늘의 하루를 조금 더 다정하게 바라보게 한다면 그것으로 충분하다.

삶은 여전히 불완전하지만, 그 불완전함을 껴안는 마음 속에서 아름다움은 자란다. 끝은 언제나 또 다른 시작의 문 앞에 있다.

오늘의 페이지를 덮는 순간, 우리는 다시 삶의 길 위에 선다.

그리고 그 길에서, 변하지 않는 한 문장은 이것일 것이다.

함께 살아가는 세상, 그 모든 순간들은 여전히 아름답다.

✿ 소중한 서평을 기다려요!

이 책이 여러분의 마음에 작은 울림이라도 남겼다면,

그 소중한 감상을 나눠주세요.

매월 우수후기를 선정하여 재노북스 도서 중

원하시는 책 1권을 선물로 보내드립니다!

작가 사인회와 신간 세미나에 초대권을 보내드립니다.

✿ 서평 이벤트 참여 방법

① 재노북스 책을 읽고 여러분의 진솔한 이야기를 블로그나 SNS,
   온라인 서점에 올려주세요.

② SNS에 올리신 서평링크를 재노북스 톡채널로 보내주세요.

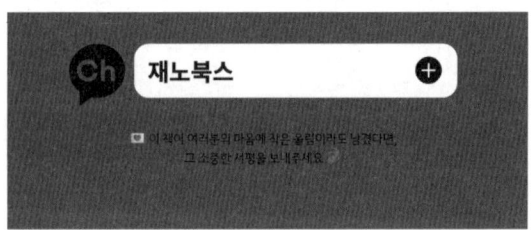

카카오톡 채널 추가하는 방법
카톡 상단 검색창 클릭 → QR코드 스캔 → 채널 추가

kakaotalk